Kränämännyntie

Jorma Luoma

Kränämännyntie

Pikkujuttuja 40 - 60 luvuilta
Etelä-Pohjanmaalta

© 2017 Jorma Luoma
Kustantaja: Books on Demand, Helsinki, Suomi
Valmistaja: Books on Demand, Nordstedt, Saksa
ISBN: 978-951-568-077-8

Lukijalle

Vien sinut hyvä lukijani lapsuuteni maisemiin ja haluan jakaa kanssasi sen ajan ja maailman, jota elettiin sodan jälkeen Etelä-Pohjanmaalla. Olen syntynyt Kauhajoen Päntäneen kylän Keturinkylässä, Kränämännyntien varrella sijaitsevan kotini saunassa heti sodan jälkeen. Miten maailma onkaan muuttunut näinä vuosikymmeninä. Silloin elettiin samoin, kuin oli eletty satojen vuosien ajan. Kehitys oli ollut hidasta. Raskaat työt tehtiin käsin ja apuvälineenä oli hevonen, kunnes alkoi raju muutos. Maaseutu koneellistui ja lapset muuttivat kaupunkeihin. Teollisuus sai uutta työvoimaa. Keksinnöt seurasivat toisiaan ja nyt eletään tätä aikaa, josta silloin ei olisi voitu uneksiakaan. Mutta tästä ajasta kirjoittakoon joku muu.

Siihen aikaan ei tunnettu koneita. Ainoa kone oli automobiili, jota ei tietenkään omistettu. Hevonen toimi traktorina. Maa kynnettiin auralla ja muokattiin äkeellä. Linnut kulkivat kyntömiehen perässä syömässä ylös nousseita matoja. Vilja kylvettiin käsin. Ilma oli puhdasta ja kuulasta. Myrkyt eivät olleet maata saastuttaneet. Ei ollut sisävessaa, vaan kaikki ulosteet vietiin pellolle lannaksi. Se oli aikaa kun lannan haju oli kuin hajuveden tuoksua. Pellon pientareelta syötiin "muikkuja." Se oli aikaa kun leivän päältä hometta raavittiin. Äitini sanoi, että homeesta tulee hyvä laulun ääni ja lauloi "metsäkukkia." Minä istuin keskellä tietä kolmivuotiaana ja lauloin "kultainen nuoruus jäi unholaan."

Lauantaisin saunottiin yhdessä, koko perhe istui savusaunan hämyssä. Saunatontut lymyilivät hämärissä nurkissa ja kiukaan takana. Siellä harjasimme toistemme selkiä. Talvella kierimme lumessa löylyjen välissä. Nokinen savusauna luovutti puhtaita ja uudistuneita ihmisiä.

Silloin ei ollut puhelinta, nettiä, eikä mikroaaltouunia, oli vain muita puhdepuuhia.

Alussa heinä kaadettiin viikatteella, mutta sitten tuli niittokone, jota hevonen veti. Viljaa leikattiin sirpillä. Minäkin pikkupoikana leikkasin sormenpääni. Varmaan minulta pääsi kova ääni kun vertavuotavana juoksin äidin luokse. Löin minä kerran kirveellä polveen. Äiti repi lakanasta suikaleita ja katsoi aina välillä, että vieläkö veri vuotaa läpi. Jos vuoti, niin hän leikkasi lisää lakanaa kunnes ei enää vuotanut. Yhtenä päivänä yritin heittää veistä seinään pystyyn. Menin aina vaan lähemmäs seinää, kun en onnistunut. Olin vihainen ja latasin kaiken tarmoni raivoisaan heittoon. Viimein sinkosin veitsen metrin päästä niin kovaa kuin jaksoin. Veitsi meni kahva edellä seinään ja ponnahti siitä suoraan ranteeseeni. Veri pulppusi ranteestani sydämen lyönnin tahtiin. Luulin kuolevani. Äitini aloitti jälleen lakanaleikin. En tiedä kuinka monta lakanaa hän joutui uhraamaan kuuden lapsen haavoihin. Lääkärissä en käynyt ennen kuin koululääkäri tutki minut ja terveeksi totesi.

Heinätöissä inhosin perien vetämistä eli pellolle jääneiden heinien haravoimista. Ei tullut minusta haravamiestä. Suostuin kahvinkeittäjäksi ja ruoanlaittajaksi. Kahvi oli kallista ja kortilla, joten poroja lisättiin vanhojen porojen päälle. Ei kaivattu Presidenttiä, kunhan vaan oli kahvia. Opin nopeasti keittämään perunoita ja paistamaan läskiä. Joskus taluttelin isääni pelloilla, kun hän oli sokea. Aina en muistanut mainita ojaa. Itse hyppäsin yli ja isäni mätkähti ojaan. Olin pahoillani, mutta isäni vain nauroi, "ei se mitään." Heinänajo oli oma luku sinänsä. Jos jouduin kuormamieheksi, niin pelkäsin että kuorma kaatuu. Lato oli mieluinen paikka pölystä huolimatta. Siellä sai hypätä orsilta voltteja. Oman lisänsä siellä olemiseen antoi naapurintytöt, jotka pyörivät siellä hameet päällä. Parasta oli kun tytöt sai houkuteltua tekemään voltteja. Pääskyset lentelivät pesilleen ruokkimaan poikasiaan. Silloin oli kova viserrys, kun pääskyset tulivat hyönteinen suussa pesälleen.

Viljan korjuu oli oma lukunsa. Vilja sidottiin lyhteille ja pystytettiin kuhilaiksi. Muutaman viikon kuivattamisen jälkeen ne vietiin riihen orsille. Siellä oli sisäänlämpiävä kiuas nurkassa. Savu täytti koko riihen. Kaiken maailman ötökät putosivat lyhteistä lattialle, kun savu tappoi ne. Riihen mustissa uumenissa jyvät ropisivat maahan. Se oli leivän laulua. Viljan kuivuttua lyhteitä hakattiin riihen nurkkaan. Sitten ne heitettiin luuvan lattialle. Lyhteet avattiin ja levitettiin tasaiseksi matoksi. Varstan rytke alkoi kuulua riiheltä. Näin saatiin oljista viimeisetkin jyvät irrotettua. Jyvät lakaistiin lattialla olevasta aukosta säkkiin ja pyöritettiin pohtimen läpi. Näin saatiin puhdasta viljaa. Oljet sidottiin isoiksi kimpuiksi olkilatoon. Niillekin löytyi jatkossa käyttöä. Riihipäivän jälkeen oli aina sauna, koska miehillä ei ollut muuta valkoista kuin silmänvalkuaiset ja hampaat, jos sattuivat olemaan terveet. Ai että se savunmakuinen puuro ja ruisleipä olivat sitten hyviä. Se oli herkkua myös varstanlyöjän. Lintujakaan ei unohdettu, vaan niille jätettiin lyhteitä jouluksi.

Pitkistä oljista saatiin moneen tarpeeseen. Siitä oli katon tekoaineeksi, patjoihin, himmeleihin ja kuivitteeksi. Olkipatjoilla nähtiin unia ja enkeleitä seinillä. Niillä sukua jatkettiin ja hiljaa rukoiltiin. Aamulla pölypatsaat huoneessa, kärpäsiä sieraimissa hiljalleen herättiin ja ylös kömmittiin. Aamiainen oli ruispuuroa lautasella, ohrapuuroa, kaurapuuroa, vehnäpuuroa, marjapuuroa ja hiutalepuuroa. Töitä olivat sonnanajoa pellolle, lounas oli perunaa ja soosia. Taas työtä jatkettiin, ojankaivua lapiolla, päivällinen oli soosia ja perunaa. Ei palvottu saatanaa, ei perkelettä, vaan töitä paiskittiin. Ei turhia murheita kasattu, vaan yhdessä tasattiin. Uni tuli pyytämättä ilman pillereitä.

Maaseudun kehittyminen alkoi viisikymmentäluvulla. Viljaakin alettiin leikata niittokoneella. Sitten tulivat itse sitojat ja puimakoneet. Melkein joka vuosi saatiin nähdä joku uutuus, kunnes lopulta tulivat leikkuupuimurit. Minä olin onnellisessa asemassa, sillä sain nähdä koko maaseudun kehittymisen lapsuus ja nuoruusvuosieni aikana.

Kerran vein lainassa ollutta puimakonetta hevosella omistajalle. Hevonen oli huonosti valjastettu eli länget alkoivat avautua ylämäessä. Hevonen alkoi tietenkin peruuttaa, koska sitä sattui. Puimakone meni suoraan ojaan kyljelleen. Minä menin hevosen kanssa metsään piiloon ja kaveri meni kertomaan tapahtuneesta. Pian paikalle tuli väkeä. Minua alettiin huudella metsästä ja luvattiin, ettei olla vihaisia. Lopulta uskaltauduin tielle takaisin. Siellä oli menossa show. Puimakoneen omistaja tuli paikalle ja sille huudettiin, että nyt olisi paras olla huutamatta tai. Samassa kuului starttipistoolin pamaus. Omistaja lähti paikalta ja muut hoitivat koneen hänelle ja jälkiselvittelyn.

Talvella vietiin muutama pussi jyviä kerrallaan vanhaan vesiturbiinilla toimivaan myllyyn. Myllyssä oli odotushuone, jota mylläri piti aina lämpöisenä. Siellä viihdyttiin ja juteltiin kuulumisia. Riihessä puiduista jyvistä tuli oikein hyviä jauhoja, koska niissä oli savunmaku. Mylläri kantoi pussit toiseen kerrokseen ja kaatoi ne suppiloon, josta ne menivät myllynkivien jauhettavaksi. Kivet lähtivät pyörimään, kun hän laski vettä turbiiniin. Siellä vesi pyöritti siipiratasta ja se pyöritti kiviä. Valkoinen jauhopöly oli kaikkialla, myös odotustilassa. Se oli pieni vaatimaton noin neljän neliön kokoinen huone, jossa oli tulisija nurkassa ja penkki seinällä, sekä pieni pöytä. Odotellessa vuoleskeltiin puisia pussilappuja. Vieläkin vuosikymmenten kuluttua voin kuvitella sen jauhon hajun, joka siellä oli. Hevonen söi ulkona heiniä ja odotti kotiinlähtöä. Jokin siinä tilassa jätti lähtemättömän mielihyvän, leivänmakuisen muiston. Kotiinlähtö juuri jauhettujen jauhojen kanssa tuntui kuin olisi henkivakuutus reessä olevassa pussissa ja niinhän se tavallaan olikin. Se oli aitoa ja oikeaa elämää. Voi miten suurella lämmöllä muistelen näitä hetkiä.

Oli unikeon päivä ja syntymäpäiväni. Meillä rakennettiin kartanoa ja veljeni oli rakennuksella. Minä olin vielä liian pieni poika niihin töihin. Heittelin kiviä, heittelin vaan, veli oli raivoissaan, ja syöksyi minua kohti. Säntäsin pellolle karkuun, hän sai minut kiinni, selkäsaunalta en välttynyt. Minä jäin ojaan itkemään ja päätin jäädä sinne, mutta päätös kesti vain vähän aikaa. Pian kävelin kotia kohti. Siellä veljeni yllätti minut, sillä sain synttärilahjaani maistaa. Punaista vadelmalimonadia ja possumunkin sain syntymäpäivälahjaksi veljeltäni. Ai, että ne maistuivat hyviltä.

Siihen aikaan kaikki tehtiin käsityönä. Hiekat ajettiin talvella hevosella ja reellä. Perustukset kaivettiin lapiolla. Kattotiilet tehtiin itse. Puut sahautettiin lähisahalla omasta metsästä. Talkootyö oli kunniassaan. Naapurit auttoivat toisiaan. Se oli läheisyyden ja välittämisen aikaa. Se oli aikaa, joka on olemassa enää meidän ikäpolven muistoissa.

Polttoainetta kului paljon, sillä talossa oli kolme tulisijaa ja kartanolla yksi, niin ja sauna. Joka päivä piti lämmittää iso padallinen vettä eläimille. Poltettiin kaikkea mahdollista eli halkoja, sahausjätettä, oksia ja rapaa nevalta.

Oli järvi umpeutunut, rapautunut ja täyteen kasvanut. Upotti kun nostettiin rapaa. Yhden iäisyyden täyttynyt, massaksi puristunut ja mustunut, kun lapioitiin ja nostettiin rapaa. Suopursu kukki siellä, myös lakkoja syötiin ja hikoiltiin kun rapaa nostettiin. Paarmat ja hyttyset hyrräsivät ja meitä pistelivät. Voimakkaana rapa tuoksui, kun sitä paloiteltiin ja nostettiin. Siellä juotiin kahvia ja juteltiin. Vuosituhansien tuoksut yhdistyivät ja taas nostettiin rapaa. Jossain uusi järvi umpeutuu, jossain hiljaa rapaa muodostuu, ehkä tulevaisuudessakin nostetaan rapaa.

Kuivuneet rapatiilet paloivat kuumaa liekkiä, kuten tavattiin sanoa. Mieleeni on erityisesti jäänyt karjakeittiön veden lämmittäminen. Jotenkin se oli annettu minun tehtäväksi ja padan täyttö vedellä, mutta se onkin jo eri juttu.

Kaivomme tahtoi aina keskikesällä ja keskitalvella kuivua, muistikuvani mukaan useimmin kuitenkin talvella. Se olikin oma urakkansa saada vettä eläimille ja ihmisille joka päivä. Lakeudella tuuli aina. Irtolumi lensi hangella. Työnsin tonkkaa suksella ja hain vettä lähteestä. Intiaanit hyökkäsivät kohti, olin yksin erämaassa. Tonkassa vesi läikkyi, yritin ehtiä linnakkeelle. Vihdoinkin olin turvassa. En tuntenut tuulta enkä pakkasta. Kaadoin veden pataan ja pian taas uhmasin kuolemaa. Sytytin tulen padan alle. Istuin leirinuotiolla. Tuli toi valoa ja lämpöä ja minun on hyvä olla.

Saunapäivinä vettä haettiin hevosella Oravaluomasta, sillä olisi ollut liian työlästä työntää sitä suksella tonkallinen kerrallaan. Avosaavien päälle heitettiin lunta, ettei kaikki vesi läikkyisi pois kotimatkalla. Myöhemmin kylään saatiin johtovesi. Putket olivat puuputkia. Tukkeihin porattiin reiät ja siitä vaan ne liitettiin toisiinsa. Ehkä silloin ei vielä ollut sementtiputkia muovista puhumattakaan tai sitten puu oli halvin ratkaisu.

Kesä oli kauneimmillaan. Pumpulipilvet leijailivat taivaalla. Me löimme vetoa kymmenvuotiaat pojankoltiaiset. Ilmakiväärit olivat meillä käsissä. Kuka osuu rastaaseen? Se oli yksi etusormen liike, kun rastas langalta vaappuen ojanpohjalle putosi. Juoksin sitä katsomaan. Sen syyttävä tuijotus osui suoraan silmiini ja sai minut iskemään kiväärinperällä. Se huusi kuin pikkulapsi. Yhä uudelleen ja uudelleen iskin. Tuntui että sen huuto täytti koko kylän. Se kirkui taivaisiin, vaatien minua tilille. Raivoissani hakkasin kunnes huuto lakkasi. Olin uupunut, olin poissa tolaltani. Unohduksen mustaan yöhön kiväärini kannoin. Linnut saivat lentorauhan minun toimiltani.

Tuvassa isäni sitoi harjoja, näkemättömin silmin. Tietämättä teostani, joka vaikutti minuun lopun elämääni. Vaikka maalla kuolema oli luonnollinen asia, niin rastaan kuolema vieroitti minut siitä. Keväällä otettiin possu ja lihotettiin se syksyksi. Syksyllä naapurin isäntä teurasti sen. Minäkin katselin miten veret laskettiin ja suolet otettiin ulos. Nahka kaltattiin ja kaikki osat käytettiin. Hyvältä se lautasella maistui, mutta tappamaan en ole pystynyt pientäkään otusta rastaan kuoleman jälkeen.

Minä potkin kenkää jalasta, se oli pikkupojan uhmaa. Äiti huusi tuvasta.

"Tuo on kyllä tuhmaa."

Kenkä meni lasista ja lasi meni rikki. Minä menin karkuun, minä menin piiloon, minä menin heinälatoon. Heinäkasan alla kuuntelin, kun minulle huudettiin.

"Ala tulla sisään syömään, ei olla vihaisia!"

Ruoan tuoksu houkutti minua, häpeillen astuin sisään. Ei alettu minua lyödä, minä aloin syödä, minä olin kiltti poika.

"Vahinkoja sattuu."

Sanoi isäni kun sukseni katkaisin. Seuraavana päivänä katkaisin siskoni sukset, enkä enää uskaltanut kertoa. Siitä isäni suuttui. Siis salaamisesta ei suksien katkaisemisesta. Kerran minulta karkasi sadan ja piikin prätkä käsistä, kun työnsin sitä käyntiin. Sinne minä hävisin syvään ojaan nokkospuskan sisään prätkän kanssa. Lähipajan miehet juoksivat katsomaan, miten minun kävi. Uusiin farkkuihin tuli reikä. Pelkäsin saavani satikutia asian johdosta. Ehkä äitini oli enemmän huolissaan minusta kuin farkuista, kun niistä ei puhuttu mitään.

No pojille todellakin sattuu. Kerrankin kaverit saivat minut menemään joen yli laudan varassa saareen, vaikka en osannut uida. Takaisin tulo tuntuikin paljon vaikeammalta. Niinpä siinä sitten kävikin siten, että puolivälissä jokea väsyin ja ote laudasta irtosi. Minä vajosin pohjaan. Alussa aloin epätoivoisesti kävellä rantaa kohti veden alla. Sitten alkoi korvissani soida kaunis musiikki. Minä lopetin kävelemisen. Minulle tuli suunnattoman hyvä olo. Ympäristö alkoi muuttua valoisammaksi. Eteeni tuli tunneli jonka päästä loisti kaunis kirkas valo. Minä etenin kohti valoa vaikka en itse tehnyt mitään liikkeitä. Tapahtumat etenivät omalla painollaan. Minulla oli taivaallinen olo ja pelkoni oli hävinnyt. Havahduin siihen kun velipoika hakkasi minua selkään ja minä oksensin vettä rannalla. Siitä olen vieläkin velipojalle kiitollinen.

Olin hukkua myös toisen kerran. Me tehtiin kilisuja eli seuraa johtajaa leikkiä. Naapurin poika alkoi hyppiä jäälautalta toiselle. Me muut hypittiin perässä. Minä menin viimeisenä. Hyppäsin seuraavalle lautalle. Sen reuna petti ja minä putosin lauttojen väliin. Vesi oli korkealla ja virta voimakas. Se kiskoi minua lautan alle. Onneksi lautat lähenivät toisiaan. Minä sain kiinni myös takaa tulevasta lautasta. Siinä minä roikuin toinen käsi toisella ja toinen toisella lautalla. Kohottauduin käsieni varaan ja nostin jalkani lautalle ennen kuin ne törmäsivät toisiinsa. Siihen loppui se seuraa johtajaa leikki. Joen rannassa nuotiolla kuivattelin vaatteet, koska en uskaltanut kertoa kotona. Minut nähdessään äitini sanoi:

"Missähän sä poikaparka oikein olet möyrinyt.

Todellisen kauhuhetken koin kun lähdin ryömimään tien ali betoniputkea pitkin. Se tapaus jätti minuun pysyvän kammon. Putki oli niin kapea, että minun piti työntää käsiäni eteen, koska ne eivät olisi muuten mahtuneet. Hiljaa hivutin itseäni eteenpäin sentti sentiltä. Minulle tuli tuskan hiki ja tuntui, että happi loppuisi. Yritin nopeuttaa etenemistä, mutta juutuin paikalleni. Minuun iski paniikki ja aloin huutaa. Olin noin puolivälissä rumpua, joka oli noin kuusi metriä pitkä. Veljeni tuli putken päästä puhumaan minulle, saadakseen minut rauhoittumaan. Hän kehotti minua menemään täysin veltoksi ja sitten hyvin hitaasti lähtemään liikkeelle. Se auttoi ja onnistuin pääsemään läpi. Kokemus oli niin ahdistava, että vielä 60 vuotta myöhemmin tästä on vaikea kirjoittaa. Olen koko elämäni ajan nähnyt painajaisunia, joissa olen jäänyt puristukseen, onneksi viime vuosina vähemmän. Poden suljetun paikan kammoa ja tilaisuuksia joissa on paljon ihmisiä, koska ihmismassatkin tuntuvat musertavilta, kuten kerran koin juhannustansseissa.

Kerran sain jossain vaihtokaupassa rysän itselleni. No se piti laskea myllykoskeen. Kuinka ollakaan siellä oli rapu. Ihmettelimme että mikä hirviö se oikein oli. Sakset napsahtelivat ilkeän tuntuisesti, kun yritimme sitä irrottaa. Lopulta saimme sen palasina pois rysästä. Kokemus oli sitä luokkaa, että minä heitin koko rysän menemään. Myllyn seutu oli yksi lempipaikoistamme. Sinne me menimme yhä uudelleen ja uudelleen. Sahanpuru tuoksui kutsuvana meidän sieraimissamme. Siellä mieli keksi toinen toistaan jännittävämpiä seikkailuja. Me istuimme ja kalastelimme "räkärökkäitä" joita me kannoimme kissalle kotiin. Rannassa haavat ja lepät olivat meidän viidakkoseikkailun kulissit. Puiden oksat kaartuivat joen yli muodostaen vihreän tunnelin. Lumpeenkukat loistivat keltaisina lehtilauttojen keskellä. Siellä me soutelimme hiljaa jokea pitkin väistellen alkuasukkaiden nuolia ja ampuen heitä. Kaikenlaiset vaarat uhkasivat meitä, niin kuvitellut kuin todellisetkin. Me piilouduimme lautatapuleihin ja vakoilimme tyttöjä, kun he tulivat uimaan.

Päivän päätteeksi menimme kilpaa pyörillä kotia kohti. En ollut hyvä siinä. Minulle tuli aina epätoivoinen voimaton olo, kun muut menivät lujempaa. Aurinko paistoi kirkkaasti ja pumpulipilvet leijailivat taivaalla. Pääskyset lensivät ylhäällä. Se oli merkki korkeapaineesta jolloin hyönteiset olivat nousseet korkealle taivaalle. Pääskyset näkivät korkeuksistaan meidän kaartavan pyörillä pihaan. Pyörät jätettiin vauhdissa seinälle ja juoksujalkaa menimme sisään. Pöytä oli katettu. Läskisoosi ja keitetyt perunat odottivat syöjiä.

Kränämänty oli meidän kotitiemme tienviitta. Kutsuimmekin tietämme känämännyntieksi. Kun minä synnyin, niin mänty olikin jo yhtä vanha kuin minä olen nyt. Näinä vuosina se täyttääkin jo 150 vuotta erään tutkimuksen mukaan. Se oli yksi meidän ajanvietto ja kohtaamispaikkamme. Kiipesimme männyn oksille ja odottelimme autoja tai muita ajoneuvoja, joita kulki hyvin harvakseltaan noin pari tunnissa. Leikimme, että kukin vuorollaan sai sen ajoneuvon, joka seuraavana tulisi. Se kyllä suututti jos kaveri sai linja-auton ja traktorin ja itselle tuli polkupyörä ja mopo. Tosin toisella kerralla saattoi itsellä käydä tuuri. Uskomatonta oli, miten pienistä asioista sai jännitystä ja ajan kulumaan. Kyllähän siinä välillä puhuttiin kaikki asiat maan ja taivaan väliltä. Aurinko paistoi ja linnut laulelivat, lämpöisen kesätuulen hivellessä poskiamme, niin mikäpä siinä oli ollessa. Ei tullut aika pitkäksi, eikä kaivattu somea tai muita nykyajan pelejä.

Vaikka lehmät olivat pelottavan isoja, niin ne kuitenkin olivat niin kilttejä että niitä ei osannut pelätä. Jokin niiden olemuksessa rauhoitti ja toi hyvän olon tunnetta. Pohdin kuinka ne voivat olla parressa koko talven kettingillä kytkettynä. Siinä ne vaan tyytyväisen oloisena märehtivät. Sitten kun ne eivät enää tuota tarpeeksi ne tapetaan ja syödään. Lopetin ajattelun siinä vaiheessa, sillä jotenkin alkoi tuntua pahalta. Parempi olla liikaa miettimättä näitä asioita, ajattelin.

Illalla menimme nukkumaan. Sängyt natisivat kun kukin pyöri sängyssään. Uni ei tahtonut tulla. Kultapallot kopsahtelivat pehmeästi ruutuun ja sateen ropina jatkui tasaisena. Unen ja valveen rajamailla siirryin lehmien kanssa kesäisille niityille.

Miten kauniita ne olivatkaan hohtavilla niityillä. Pehmeä ruoho peitti pellon ja purossa solisi vesi. Lehmät söivät ja joivat kyllikseen. Auringon paistaessa ja lintujen pitäessä konserttiaan ne lepäsivät vihreällä niityllä. Välillä ne nousivat ja kisailivat keskenään. Minä kävin silittämässä niitä. Kiitokseksi ne nuolaisivat karhealla kielellään minua ja katsoivat lempeillä kosteilla silmillään minua suoraan silmiin. Kaikki oli niin täydellistä luonto ja lehmät. Niistä tulvi lämpöä, rauhaa ja rakkautta. Heittäydyin niitylle selälleni ja seurasin pumpulipilviä taivaalla. Niissäkin olin näkevinäni lehmien vaeltelevan autuaimmilla niityillä.

Äitini käveli koko aamupäivän hermostuneena edestakaisin. Elimme viisikymmentä luvun loppupuolta. Hän puki päällystakkia ylleen ja sanoi:

"Minun on nyt mentävä kauppaan."

Ulkona paistoi aurinko. Oli alkusyksyn päivä. Vilja oli jo puitu, mutta perunoita ei ollut vielä kaivettu maasta. Ilma ei ollut enää kuuma mutta ei kylmäkään. Äitini katsoi ikkunasta ulos maantielle. Hänessä oli levottomuutta joka tarttui meihin lapsiin. Hän sitoi liinaa päähänsä ja tokaisi:

"Jos se teurasauto sattuu tulemaan, niin näyttäkää niille se lehmä."

Hätkähdin vaistomaisesti. Äitini tekisi taas sen eli lähtisi pois kotoa kun lehmä haetaan teuraaksi. Asiaa ihmetellessäni äitini silmät kostuivat. Hän pyyhki niitä hihansuuhun ja vastasi:

"Minä en kestä katsoa, kun niitä viedään. Olenhan hoitanut niitä vuosikaudet."

Luulin ymmärtäväni, mutta jotenkin se tuntui niin epäoikeudenmukaiselta. Ehkä se näkyi kasvoistani sillä hän jatkoi:

"Tuntuu kuin minä itse veisin sitä ja sen viaton laupias katse, sitä on mahdotonta kestää."

Sitten hän katsoi jälleen ulos ja laittoi kävelykengät jalkaansa sekä lähti. Minä jouduin jälleen kerran katsomaan miten kovakouraisesti lehmää vietiin autoon.

Lehmän poikiminen oli oma juttunsa. Meillä ei ollut lupaa mennä sitä katsomaan. Olin kuitenkin utelias ja menin navetan ikkunan alle. Oli pimeä ilta. Likaisen ikkunan läpi yritin nähdä jotain. Sisällä oli kova hyörinä, sitten näin hämärästi Mielikin takapäästä vasikan jalat. Seuraavassa hetkessä oli jälleen isäni selkä näköesteenä. Vähän ajan kuluttua vasikka oli maassa. Ryntäsin sisään navettaan. Mielikki nuoli ja ihmiset puhdistivat vasikkaa. Eikä aikaakaan kun vasikka yritti nousta ylös. Se hoippui ja kaatui yhä uudelleen, kunnes se lopulta onnistui jäämään jalat harallaan jaloilleen.

Keskiyö oli jo ohitettu kun me lähdimme sisään talolle ja pääsimme nukkumaan. Yöllä jokaisen mielessä pyöri syntymän ihme, jota juuri olimme olleet todistamassa.

Aamulla äitini sanoi:

"Ternimaidosta saadaan hyvää uunijuustoa."

Ihmettelin kotini ilmapiiriä. Kyseltyäni syytä sain kuulla, että lehmällä oli ähky. Enää en kysellyt, vaan katselin ikkunasta ulos. Vettä satoi koko ajan. Mieliala oli sään mukainen eli alakuloinen. Vähän ajan kuluttua aloin lukea läksyjäni. Suljin itseni kaiken ulkopuolelle, sillä en kestänyt sitä hermostuttavaa ilmapiiriä joka talossa vallitsi. Myöhemmin illalla äitini tuli navetalta ja itki. Siitä tiesin että pahin oli tapahtunut. Äiti istahti penkin päähän ja huokaisi:

"Se oli niin hyvä lypsämäänkin."

Enempää hän ei sanonut vaan nyyhkytti hiljaa ja pyyhki silmäkulmiaan. Vähän ajan kuluttua isäni sanoi:

"Se täytyy nyt haudata kaksi metriä syvään hautaan."

Veljeni katsoivat toisiaan. He tiesivät että se olisi heidän tehtävä. Minä olin vielä liian nuori. He vetivät saappaat jalkaansa ja lähtivät ulos. Seurasin heidän menoaan ikkunasta. He kävelivät sateessa puoliväliin peltosarkaa ja alkoivat sitten kaivaa. Siihen aikaan ei ollut kaivinkoneita. Onneksi maa ei ollut vielä jäässä. Oli jo myöhäinen iltahämärä kun he tulivat ja valjastivat hevosen. Hevosen avulla Lemmikki vedettiin hautaansa. Sitten veljeni tarttuivat jälleen lapioihin ja peittivät haudan. Mitään sanomatta he tulivat märkinä sisään. Äitini keitti iltakahvit. Ajatuksiinsa syventyneinä kukin joi vaitonaisena kahviaan. Siinä vaiheessa minäkin tajusin miten vakava isku Lemmikin kuolema oli ollut perheellemme. Tuuli oli yltynyt ja sade piiskasi ikkunaan. Kultapallon kukat painautuivat ikkunaa vasten ikään kuin pyrkien sisään.

Oli meillä lampaitakin. Kerran minä aloin ruokkia niitä. Löysin ruskean paperipussin, jossa oli valkoista jauhoa. Olin alle kouluikäinen, mutta muistan sen vielä hämärästi. Lampaat söivät jauhoa ja minä lähdin omiin leikkeihini. Jossain vaiheessa päivää alkoi kova hälinä. Äitini huusi:

"Mikä noita lampaita vaivaa?"

Kaikki olivat ihmeissään. Lampaat makasivat karsinoissaan ja kuolivat nopeasti. Minuakin tentattiin. Näytin paperipussin ja kerroin syöttäneeni lampaita. Äitini huusi:

"Herra jumala se on rotan myrkkyä!"

Sitten alkoi tenttaaminen siitä, olinko pannut sitä suuhuni. Enhän minä sellaista muistanut. Ilmeisesti en ollut, koska minulle ei tullut mitään oireita. Sen jälkeen en nähnyt meillä lampaita, mutta rottia oli sitäkin enemmän vanhan kartanon aikaan. Siksi sitä rotanmyrkkyäkin oli. Tosin säilytys ei täyttänyt mitään nykyajan vaatimuksia. Me tehtiin jousia ja pyöränpinnoista nuolia ja ammuttiin rottia. Sitten kun vanha kartano hajotettiin, niin sieltä löytyi paljon rotan pesiä. Me heitettiin ne pesät poikasineen kanatarhaan. Yksikään poikanen ei ehtinyt tarhasta pois. Kanat söivät ne hetkessä. Uuden kartanon myötä myös rotat katosivat.

Talossa oli paljon raskaita töitä. Isäni oli sokea ja minä pieni poika. Äitini meni pellolle miehen töihin. Minusta tehtiin kokki alle kymmenvuotiaana. Sytytin tulen hellaan. Pesin perunat ja laitoin ne kiehumaan. Sitten aloin leikata läskinsiivut pannulle, johon olin jo laittanut aimo nokareen voita ja sipulia. Kun läskeistä oli enimmät rasvat irronnut ja väri muuttunut kauniin ruskeaksi, niin siirsin ne pannun reunalle. Laitoin rasvaan vehnäjauhoja ja aloin sekoittaa, kunnes massa oli kahvinruskeaa. Sitten lisäsin siihen vettä koko ajan sekoittaen. Lisäsin vielä suolaa ja laitoin läskit sekaan. Kastikkeesta tuli hyvää ja tasalaatuista eli siinä ei ollut kokkareita. Äitini kehui kastiketta niin hyväksi, että jatkossa sain olla kokkina useamminkin. Keittelin soppia, kahvia, perunoita, niin ja tietenkin kastikkeita ja huutelin porukkaa syömään. Tiski oli vähän ikävämpää, kun vesi piti hakea karjakeittiöstä ja tiskin jälkeen vedet piti kantaa ulos laskiojaan. Lopuksi tiskit piti vielä kuivata pyyhkeellä. Mutta silloinhan ei tiedetty tiskikoneista mitään, eikä ollut juoksevaa vettä ja viemäriä, mutta ei niitä silloin osattu kaivatakaan.

Suurta herkkua olivat lakat suoraan suolta syötynä. Pohjanmaalla lakkoja sanottiin valokeiksi. Kesä oli kauneimmillaan, suon tuoksu ja keltaisina hohtavat lakat. Se oli todellinen makunautinto, jota ei voi kuvata. Nykyajan pakastetut ja purkitetut lakat ovat kalpea aavistus siitä. Se oli suussa sulavaa ja sydämessä palavaa, kun lakan maku tunkeutui makunystyröihin yhdistyneenä suon tuoksuun, niin se vei hetkeksi ajan ja paikan tajun. Syvä onnen tunne valtasi mielen.

Mansikat olivat toinen elämys. Äidillä oli oma mansikkamaa, jota hän hoiti ja myi mansikoita naapureillekin. Mansikka ei kuitenkaan ollut tuoreen lakan veroinen. Tosin säilötty mansikka maistui säilöttyä lakkaa paremmalta, mutta säilötty oli aina säilötty, joka oli jo menettänyt parhaan makunsa.

Parhaimmillaan meillä oli satoja kanoja ja niiden munista saimme ylivertaista herkkua. Kananpesästä juuri kerätyt ja keitetyt munat kuorittiin vielä lämpöisinä. Ne murskattiin haarukalla ja sekoitettiin aitoa voita sekaan ja ripoteltiin suolaa päälle. Tämä oli yksi minun suosikeistani, makuhermoja kutkuttava maku.

Puolukat toivat oman lisänsä suosikkilistalleni. Talvella puorissa eli jauhovarastossa oli jäätynyt puolukkatynnyri, josta kirveellä lohkottiin palasia. Sisällä puolukat sulatettiin hellan päällä. Sitten ne murskattiin ja lisättiin sokeria ja ruisjauhoja. Tämä oli yksi suurista makuelämyksistä, joka on jäänyt mieleeni.

Kaupan herkuista suosikkini oli possumunkki ja punainen vadelmalimonadi. Oli toki muitakin kuten kausituotteet, herne, omena ja nauris. Niitä oli kiva syödä välipalana, varsinkin nauriin kaapiminen mössöksi. Se oli hyvää. Silakoita halstrattiin hiilloksella. Oma lukunsa oli juhlaruuat, kuten joulu ja pääsiäinen herkkuineen. Ruoka oli omasta maasta ja eläimistä tuotettua. Se oli todellista lähiruokaa.

Töihin jouduin muutaman vuoden vanhana. Työ ei ollut fyysisesti raskasta, mutta henkisesti sitäkin raskaampaa. Äitini piti lähteä pelloille äestämään ja kun minun perääni ei ollut katsojaa, niin hän laittoi minut äkeen painoksi multamättään sijaan. Äes keikkui ojan pientareella ja pelkäsin koko ajan putoavani. Sonnalla lannoitettu pelto tuoksui ja oman lisänsä hajuun toi, kun hevonen päätti siinä kävellessään suorittaa tarpeensa melkein minun päälleni. Sanomalehden palat lensivät tuulessa, joita oli käytetty vessapapereina. Puristin äkeen reunoista rystyset valkoisina, selkään sattui ja paikat puutuivat. Loputon pellon kiertäminen tuntui ikuisuudelta ja juuri kun luuli, että se loppui, niin alkoi toinen kierros. Se oli pienelle vilkkaalle pojalle kidutusta olla aloillaan. Hämärästi muistan kapinoineeni siinä istumista vastaan ja multamätäs saikin korvata minut myöhemmin. Työ ei ollut kovin vaativaa, kun mätäskin pystyi korvaamaan minut. Panee vaan miettimään näitä elämänarvoja, että mikähän nyt loppujen lopuksi on tärkeää.

Sanotaan, että ihminen on tasapainoisimmillaan kolmen vuoden vanhana. Olen yrittänyt tavoitella kuvia muistini alkulähteiltä ja löytää rauhan, jolloin minun ei tarvinnut kantaa huolta huomisesta, eikä surra menneitä. Yhteistä niille oli ihmettely ja loputon tiedon jano. Ensimmäinen särö syntyi siitä, kun ei saanut vastausta mieltä askarruttaviin kysymyksiinsä, jotka usein aiheuttavat lapsille hassuja selityksiä ilmiöistä. Sitä oli kuin toiselta planeetalta pudonnut ja jäi ihmettelemään kaikkea ympärillä olevaa, eläimiä, peltoja, taivasta, ukkosta, puita ja muita ihmisiä. Vähitellen asiat loksahtivat paikoilleen ja aloin hahmottaa paikkani. Sisäistin olevaisuuteni kokonaisuuden osana. Se oli viattomuuden aikaa, vapaana maailman murheista, kunnes velvollisuudet vaativat osansa ja omatunto alkoi heräillä, tuoden mukanaan surut ja murheet. Se oli aikaa, jota ei voi uudelleen saavuttaa, Voimme vain kokea etäisiä mielikuvia, siitä miten asiat voisivat olla parhaimmillaan.

Äitini oli huolehtivainen ja rakastava äiti, vaikka hän ei aina uskonut miten tulisin pärjäämään elämässä. Kun istuin tuolilla katsellen ulos, hän saattoi tulla takaapäin, puhaltaa niskaan ja antaa suukon. Pakkasella kun tulin sisään hän otti käteni käsiinsä ja hieroi niitä, sitten hän teki saman jaloille. Lopuksi hän vielä hieroi posket. Aina saunan jälkeen oli puhtaat alusvaatteet ja ruoka pöydässä ajallaan. Siihen voi aina luottaa.

Mutta sitten tuli toinen puoli hänestä esiin, kun hän ajatteli tulevaisuuttani. Hän saattoi silittää päätäni ja sanoa:

"Mikähän sinustakin poika parka tulee isona?"

Sitten seurasi lyhyt hiljaisuus ja puhe jatkui:

"Ei taida tulla mitään."

Siihen aikaan ei osattu ajatella paljon muita töitä kuin maa- ja metsätyöt. Äidin huoli johtui varmaan siitä, koska olin pienikokoinen ja hän pelkäsi että en pärjäisi niissä. Niin hyvä kuin äitini olikin, niin ne puheet jättivät minuun jäljen. Olin epävarma ja työtä hakiessa minun oli vaikea uskoa, että minut kelpuutettaisiin. Huoleni oli kuitenkin turha, koska olen elänyt elämäni kohtuullisen hyvin. Kaikesta huolimatta muistan rakkaudella äitiäni.

Isästäni tuli harjansitoja viisikymmentäluvun alkupuolella, kun viherkaihi vei hänen näkönsä. Olin viisivuotias pojannaskali kun hän tuli viimeistä kertaa sairaalasta. Hän istahti raskaasti keinutuoliin, ja minä kiipesin hänen syliinsä. Ilmapiiri oli kuin hautajaisissa. Kaikki olivat vakavia ja puhuivat siitä. Ihmettelin miten ei voi nähdä. Miten voi kuvitella värit ja maistaa maailmaa. Unen maa verhoa raottaa, todellisuutta vääristäen. Vain sormet tuntevat todellisuuden. Pimeydessä ohitetaan harjansitoja ja kuiskaillaan. Kaksin verroin voimaa vaaditaan, hulluksi luullaan ja huudetaan. Eihän sokea voi kuulla tuumitaan. Harjansitoja katoaa omaan todellisuuteen. Hän näkee maailman hulluuden paremmin kuin näkevät.

Kaikki säästöt olivat menneet hoitoihin, mutta elämä jatkui kaikesta huolimatta. Siitä hetkestä eteenpäin olin hänen opaskoiransa ja toimin hänen silminään. Hän halusi edelleen osallistua kaikkiin talon töihin joten minä taluttelin häntä pelloilla, riihellä, kävelyllä ja kaikkialla minne hän kulloinkin halusi mennä. Emme enää ajatelleet sokeutta. Vähän ajan kuluttua tuntui että hän oli aina ollut sokea.

Kartanon päädyllä oli vanha risa autonpenkki jossa isäni mielellään istui. Kesä oli kauneimmillaan. Linnut livertelivät kilvan. Hän oli kohottanut kasvot kohti aurinkoa. Mehiläiset surrasivat kuumalla seinällä. Aurinko paistoi kirkkaasti valaisematta pimeyttä. Kärpänen istui nenällä ja penkin päässä oli valkoinen keppi. Traktori käänsi peltoa ja multa tuoksui voimakkaana. Hän näki sen nenällään. Isäni käänsi kasvonsa menneisyyteen liukuen puoli vuosisataa taaksepäin. Hän risti kätensä ja rukoili. Hän oli maailman tavoittamattomissa. Käki kukkui metsässä. Kylätiellä oli hyörinää. Penkillä talon seinällä hän luitaan lämmitteli.

Elokuun aamu lakeudella, usvaa alavilla mailla, kurkien muutto alkaa. Kurkien torven soitto kaikuu korviin harjansitojan, tuuli auringon myötä nousee. Mies kääntyy hiljaa tuuleen, ilmaa nuuhkaisee ja kepillä maata tunnustelee. Hän kiittää luojaa maasta ja maan antimista, hän katsoo taakse pimeyden. Aikojen aamun valo, miehen mielen kirkastaa, suu hymyyn kääntyy harjansitojan.

Heti sokeuden alkuvaiheessa hän opetteli sitomaan harjoja. Se oli meille lapsille myös ylimääräinen tulon lähde. Meille ei koskaan annettu mitään ilmaiseksi. Kaikki piti itse ansaita. Halutessani mennä elokuviin minun piti tehdä tietty määrä harjoja. Jokaisella harjalla oli oma hintansa. Isäni oli ylpeä harjojensa laadusta joten myös meidän tekemämme harjat piti täyttää samat laatuvaatimukset. Alussa hän tutki käsillään tarkkaan niiden laadun. Mutta kun hän kerran oli hyväksynyt sen, niin hän luotti siihen että sama laatu jatkuu koko ajan. Usein seurasin hänen työskentelyään, lenkki lankaan, lanka reikään, jouhet lenkkiin, veto ja kiristys. Hän teki katuharjoja, juuriharjoja, vinovarsia, pullasutia, tiskiharjoja, patasutia, kannuharjoja ja muita. Tarveaineina hän käytti jouhta, riisiä, fiibefiä, lankaa, harjapuita, kansia, varsia ja naruja. Aamusta iltaan, päivästä toiseen, työpöytä natisi kun isämme puolestamme uurasti.

Saavuimme isäni kanssa kotiin jutellen niitä näitä. Kun tulin sisään otin orrelta leipäpalan ja lähdin hakemaan jätkää. Se oli meidän hevonen. Sen oikea nimi oli Virkku mutta me sanoimme sitä jätkäksi koska se oli niin persoonallinen. Jos se ei ollut väsynyt, niin se oli pelkäävinään autoja ja kaikkea muuta. Välillä se ei antanut ottaa itseään kiinni. Illasta tuli jälleen tällainen. Minä kiersin sen perässä pellolla ja se juoksi karkuun. Ojentelin sille leipäpalaa kun pääsin lähemmäs. Se yritti siepata sen kädestäni ja kääntyi karkuun. Viimein piirileikki päättyi kun sen leivänhimo voitti. Samalla kun se otti leivän, minä laitoin suitset sen suuhun. Huomatessaan jääneensä kiinni se nousi takajaloilleen ja yritti potkaista minua. Sitten se puri minua käteen. En kuitenkaan antanut periksi vaan vein sen talliin. Kerroin isälleni mitä oli tapahtunut. Hän kehotti minua ottamaan luulot pois jätkältä. Niinpä kävimme tallissa henkien kaksintaistelun, jonka lopulta voitin. Sen jälkeen olimme kavereita jätkän kanssa.

Pyhäaamuisin meidän piti olla hiljaa jumalanpalveluksen aikaan. Isäni ei pakottanut meitä kuuntelemaan sitä mutta emme myöskään saaneet meluta lasten tapaan. Äitini saattoi tehdä askareitaan mutta niin äänettömästi kuin mahdollista. Me lapset menimme usein ulos kun emme jaksaneet istua hiljaa ja jos jäimme sisään, niin meidän oli vaikea pidättää naurua. Joskus jäin sisään kuuntelemaan jumalanpalvelusta. Minä pidin virsistä. Minusta ne olivat kauniita ja rauhoittavia. Papin puheisiin en koskaan jaksanut keskittyä. Koko aikana ei puhuttu sanaakaan. Tuvan lattia oli pesty ja matot hakattu. Pöytä oli puhdas. Isäni istui samassa asennossa kädet ristissä koko jumalanpalveluksen ajan.

Yö ikuinen silmissä harjansitojan, voi vain nähdä Jumalan. Pirtissä saarna raikui, hehkuivat lamput Luxorin. Pappi tuomiota julisti, kituivat kärpäset paperissaan. Auringon kirkastama pölypatsas jähmettyi, lakkasi liike hiukkasten. Kädet ristiin asetti harjansitoja ja pani sormet lomaan sormien. Papin ääni hiljaa katosi, kutsui lempeästi puhe Jumalan. Oli hetken huone ikuisuuden, oli aika kadonnut.

"Jo joutui armas aika ja suvi suloinen."

Palautti aikaan harjansitojan. Oli lumo poissa ja pannut kolisivat, kun kahvinkeittoon ryhtyi vaimo harjansitojan. Palveluksen päätyttyä normaali hälinä täytti tuvan.

Isäni oli jo vanha mies kun hän sai minut. Hän olisi voinut iän puolesta olla minun isoisäni. Siksi minulla "ei ollut" isovanhempia. Äitini puolelta heistä ei ole mitään muistikuvaa mutta isän äidistä on yksi hämärä muistikuva. Istuin tuvan lattialla. Eteisestä kuului kolinaa ja ovi aukesi. Mummo tuli tupaan iso pussi hartioillaan. Mummo oli valtava ja minä vain pieni poika lattialla. Mummo jysäytti säkin lattialle ja puhui kovalla äänellä. Minä pelkäsin lattialla. Lanttuja toi mummo meille, minä karkasin omille teille. Ulos pihaan säntäsin. Tiedän on mummo kuollut, kun olin pieni poika.

Minä vaivuin unhon maille, lapsen leikkiin ja lapsen uniin. Pellon ojissa vihollista seurasin. Syöksyin heinäseipään kimppuun näin intiaanin tapoin. Yhä uusia vihollisia riveissä jokaista oli pistettävä. Niin paljon verta vuoti sinä kuumana kesäpäivänä. Hiestä märkänä menin ojaan syömään "muikkuja." Oli niin paljon vihollisia ja niin paljon purettavaa aggressiota. Rosvolaumoja kulki ohi. Jokainen tilanne oli hoidettava että selviäisin kunnialla kotiin. Jännityksestä vapisten pääsin kunnialla sisään. Siellä oli äidillä lihasoppa valmiina. Ai miten se tuoksui hyvältä.

Näkemättömin silmin katsoi harjansitoja. Hänen näköalansa oli syvempi kuin näkevän. Rakkaudesta meitä kohtaan hän sitoi harjoja. Höyläpenkki nitisi, tuoli natisi ja hiljaa harjat valmistuivat. Luottavaisina lasten silmät loistivat ja pelon poistivat. Tiesimme että tänäänkin syödään. Joka kodin ovella katuharja muistutti harjansitojasta. Vinovarsi lattialla, juuriharja navetassa ja pullasuti pitkot siveli. Oli kaikkialla harjansitoja. Hän kohotti näkemättömät silmänsä sinne minne näkevät eivät näe ja kiitti. Kädet yhteen liitettyinä hän pyysi siunausta lapsilleen ja poispääsyä pimeästä, uuteen valoon kirkkauteen.

Naapurin miehet poikkesivat mielellään meille juttelemaan isäni kanssa. Minä menin aina puulaatikon päälle kuuntelemaan heidän jutusteluaan. Jotkut muistelivat sota-aikojaan. Puhuttiin säästä ja tulevasta sadosta. Myös maailmanpolitiikkaa pohdittiin. Joskus keskustelut kävivät jännittäviksi kun siirryttiin henkimaailman puolelle. Silloin terästäydyin erityisen tarkkaavaisena kuuntelemaan. Ne olivat sen ajan kauhutarinoita.

Isälläni oli tapana kouluttaa minua käymällä hänen mielestään sopivana ajankohtana keskustelua tärkeästä aiheesta. Olin tulossa mieheksi, kun isäni sanoi:

"Puhutaanpa vähän viinasta. Nyt kun olet tulossa mieheksi, haluan sanoa tämän. Maailmassa on tehty tietty määrä viinaa sinuakin varten, joka sinun on juotava. Toivottavasti sitä ei ole paljon, tai ei yhtään. Mutta jos sinun on juotava, niin tuo pullo kotiin ja juodaan se tässä, kaikessa rauhassa. Toivottavasti et juo kylänraitilla ja heilu siellä. Tulee vain turhia puheita."

Ensimmäinen pulloni juotiin kotona, isäni ja äitini kanssa. Isäni oli viisas mies.

Olin nuorukainen, kun isäni sanoi minulle:

"Puhutaanpa varastamisesta. Poikani, älä milloinkaan koske toisen omaan. Varas on kurjin olento maan päällä. Yön hiljaisina hetkinä se tunkeutuu toisen alueelle ja ennalta suunnitellen, tietoisesti vie toisen omaa. Se on alhaista ja raukkamaista. Veljesi kerran leikki lautasen puolikkaalla. Kysyin mistä se on. Hän sanoi sen olevan rajaojasta. Katsoin lautasen puolikasta ja sanoin veljellesi. Meillä ei ole ollut tuollaista lautasta. Sen on naapuri sinne heittänyt. Vie se heti takaisin, sillä se ei ole meidän. Murhamieskin on parempi kuin varas. Hän voi tappaa pikaistuksissaan mutta silti olla hyvä ihminen. Mutta varas on iljettävä, koska hän tekee kaiken tietoisesti."

En ole koskaan pystynyt varastamaan. Jos tieltä löytyi kaksikymmentä penniä, niin minua vaivasi, että kenen se oli.

Isäni ei puhunut, vaan osoitti toiminnallaan. Kyseessä oli luottamus. Jos olin yötä poissa kotoa, ei kuulustelua siitä, missä olin ollut. Hän saattoi hymyillä ja kysyä, että oliko hyvä tyttö. Jos olin pellolla kiinni traktorilla, ei hössöttämistä, vaan hän luotti että pärjään. Kerrankin traktori painui akseliaan myöten peltoon. Hain kaksi pölkkyä jotka sidoin kettingillä takapyöriin poikittain ja siten sain traktorin nousemaan mudasta. Kun tulin illalla kymmeneltä pellolta, hän saattoi sanoa:

"Pelto tuli kynnettyä."

Apua tietenkin olisi aina saanut jos olisi pyytänyt, mutta se oli myös jotenkin kunnia-asia selvitä ja vain ylipääsemättömien esteiden edessä taivuttiin apua pyytämään. Jos jotain meni rikki, ei syyttelyä, vaan hän totesi:

"Vahinkoja sattuu."

Näin meistä tuli itsenäisiä. Kiitos isäni.

Minun koulumatkani kulki vanhan kivisillan yli. Kaikkiaan matkaa oli noin kolme kilometriä. Pienempänä kuljin matkani kävellen ja melkein joka kerta pysähdyin sillalle. Joki veti puoleensa. Sulan veden aikana heittelin kiviä jokeen tai kävelin sillankaiteella. Joskus laskeuduin joenpenkkaa alas rantaan, uittamaan siellä löytämiäni puunpalasia tai kaarnaa. Talvella saatoin hypätä kaiteelta alas lumihankeen. Kerran hyppäsin tikkusuorana kädet kylkiä vasten nuoskaan lumeen. Jäin niin tiukasti kiinni lumeen, ettei mikään paikka liikahtanut. Huusin kaveria apuun, joka auttoi minua kaivautumaan ylös hangesta. Jossain vaiheessa sillankupeessa oli hevosen kengityspaja. Tosin siitä minulla on hyvin hämärä mielikuva. Koulumatka kesti usein luvattoman kauan, mistä sain moitteita äidiltäni. Posti-Riku jakoi postia hevosella. Silloin koulumatka joutui, jos pääsi reen jalaksille seisomaan.

Olin koulussa pienin, siksi minusta tuli Lannistumaton Luke, koska en alistunut kiusattavaksi. Kaksi minua päätä pitempää yläluokkalaista pesi kasvoni lumella. Suutuin siitä niin, että hyökkäsin heidän kimppuunsa koko välitunnin ajan, vaikka he löivät minut maahan uudelleen ja uudelleen. Nousin aina ylös, potkin, revin ja hakkasin. Sen jälkeen he jättivät minut rauhaan. Yhdeltä päälle käyvältä pojalta revin uuden puseron rikki ja toisen kamppasin jäiseen maahan, sillä olihan minulla painiharrastuksesta otteita hihassa. En koskaan aloittanut tappelua, enkä pitänyt siitä, mutta kokoni vuoksi olin houkutteleva kohde. Ylimääräisen kiusaamisen kohde oli isäni sokeus. Minua haukuttiin sokeaksi Otoksi isäni nimen mukaan.

Kun myöhemmin hain töitä, niin kukaan ei uskonut, että minä pärjäisin töissä. Sain paikan ja hoidin työni hyvin. Jopa äitini jossain vaiheessa sanoi, että mitähän sinustakin tulee poika parka. Opettaja sanoi, että ei sinusta ole miehen töihin. Kukaan ei kannustanut minua. Päätin näyttää ja olen ollut työssä viisikymmentä vuotta. Nyt olen ansaitulla eläkkeellä.

Muistan kun Kekkonen valittiin presidentiksi ensimmäisen kerran. Olin käsityötunnilla. Opettajalla oli radio auki, kun tuloksia luettiin. Hankasin santapaperilla jotain laudanpalaa. Puu tuoksui. Radiossa luettiin valitsijamiesten antamia ääniä viiden sarjassa. Kekkonen, Kekkonen, Kekkonen, Kekkonen, Kekkonen. Tuomioja, Tuomioja, Tuomioja... Fagerholm, Fagerholm, Fagerholm... Se oli suuren urheilujuhlan tuntua. Kekkonen tuli valituksi yhden äänen enemmistöllä. Opettaja oli riemuissaan.

Toinen uutinen jonka kuulin käsityötunnilla, oli kun Kauhajoen kirkko paloi. Se paloi maan tasalle.

Muitakin ikäviä asioita tapahtui. Isojoella oli kadonnut nuori nainen. Meidänkin kylältä lähti miehiä etsintäketjuun. Minä olin vielä liian pieni siihen hommaan. Naisen ruumis löytyi suohaudasta. Se oli Kyllikki Saaren tapaus. Nämä olivat tapauksia, jotka saivat koko kyläyhteisön kuohuksiin. Niistä puhuttiin pitkään ja päiviteltiin Kyllikin kohtaloa, joka jäi selvittämättä. Mutta uusi kirkko rakennettiin ja Kekkonen jatkoi presidenttinä seuraavat kaksikymmentäviisi vuotta

Vihasin koulua, karttakepillä lyömistä, huutoa, rähinää ja tukasta pyörittämistä, nöyryyttämistä seisottamista ja vanhempien haukkumista. Vihasin vaatteilla koreilua, trossaamista, tappelua olemassaolosta välitunneilla, lukemiseen ja laulamiseen pakottamista. Vihasin kaalisopan väkisin syöttämistä, voimistelua asentoon johon ei päässyt ja pesäpallon peluuttamista ilman räpylää. Vihasin epäoikeudenmukaisuutta jo seitsemän vuotiaana, politiikkaa jo pienestä pitäen, nypläämistä, näpläämistä ja väkisin vääntämistä. Vihasin kaikkea mitä koulu edusti, siksi jouduin rakentamaan elämäni ilman koulua.

Kerrankin kun en osannut vastata opettajan kysymykseen, hän alkoi huutaa minulle:

"Kehtaatkin vaikka isäsi on sokea. Yhteiskunnan elätteinä elätte. Häpeä!"

Siitä huudosta opettaja sai vastata isälleni, sillä emme saaneet mitään tukia. Päinvastoin he tekivät velkaa maksaakseen veroja.

Vielä tuli yksi juttu mieleeni koulusta. Minulla oli hyvä laulunääni, mutta äänenmurros esti laulamisen. Kieltäytyessäni laulamasta yksin opettaja pyöritti minua tukasta, niin että hiuksia irtosi päästä ja hän ajoi minut ulos talvipakkasella sisävaatteilla tunniksi. Siellä minä palelin ja haroin irtohiuksia päästäni.

Minun lapsuudessani pidettiin lukukinkereitä. Meitä rippikouluun meneviä lapsia kuulusteltiin siellä, olisimmeko tarpeeksi kypsiä, valmistautuneita rippikouluun. Lukukinkeripaikoiksi valikoitui isompia taloja, joissa olisi tilaa ja myös tarjoilut ison talon tapaan. Meidän oli opeteltava kotona kymmenen käskyä ja Isä meidän rukous, sekä käskyjen selitykset eli mitä se on. Vanhemmat veljet olivat pelotelleet minua, että jos ei osaa vastata, niin laitetaan jalkapuuhun häpeämään. Kuumeisesti opettelin käskyjä selityksineen ja Isä meidän rukousta.

Tupa oli täynnä väkeä. Pappi istui kunniapaikalla. Kahvi tuoksui ja pöytä notkui tarjoiluista. En muista montako meitä rippilapsia oli, sillä minulla oli täysi työ itseni kanssa. Kuulustelu oli alkanut. Tuli minun vuoroni, neljäs käsky. Mietin mikä se olikaan, ei ainakaan älä tapa tai älä varasta, Vastasin, kunnioita isääsi ja äitiäsi, että menestyisit ja kauan eläisit maan päällä. Mitä se on? Konemaisesti vastasin olematta enää läsnä. Vastaus tyydytti pappia ja sain istuutua. Vapisten istuin alas ja lopputilaisuus pyöri päässäni kuin elokuva. Välillä veisattiin ja rukoiltiin ja pappi piti puheen. Tilaisuuden päätteeksi saimme pullakahvit. Helpottuneena lähdin kotia kohti. Olin läpäissyt lukukinkerit ja pääsisin rippikouluun. Tunsin itseni isoksi, sillä tiesin, että rippikoulun käyneenä saisin naimaluvan ja saisin mennä tansseihin.

Myöhemmin kävin rippikoulun ja sain kymmenen parhaiten suoriutuneena Uuden testamentin. Otimme ripin vastaan Kauhajoen uudessa kirkossa, joka oli rakennettu palaneen vanhan kirkon tilalle. Meidän naapurissa oli taksi. Hän vei minut kirkolle ja takaisin. Auto oli Pobeda. Äiti oli ostanut tumman rippipuvun, jonka housujen lahkeita hän viimehetkellä parsi lyhemmiksi. Koko ajan pelkäsin harsinnan pettävän ja joutuisin naurunalaiseksi. Housut kestivät ja otin vastaan öylätin ja viinin. Tunsin kasvaneeni pojasta mieheksi.

Pohjanmaalla oli siihen aikaan kaksi urheilulajia ylitse muiden, pesäpallo ja paini. Minä aloin harrastaa painia. Seuratalolla oli pienempi sivuhuone, jonka lattialle painimatot levitettiin. Kun harjoitukset alkoivat, niin matoista nousi hien, pölyn ja vanhan ummehtuneen haju. Siinä hajussa oli jotain, se sai adrenaliinin liikkeelle. Minä kehityin niin pitkälle, että valmentaja ilmoitti minut piirimestaruuskilpailuihin. Illalla saunassa pudotin painoa lakanan avulla eli ensin heitettiin löylyä ja kun hiki nousi pintaan, niin se pyyhittiin lakanaan, ettei punnituksessa vaan olisi ylipainoa.

Viimein koitti suuri kisapäivä. Valmentajan poika oli samassa sarjassa ja valmentaja oli myös ottelumme tuomarina. Me päädyimme loppuotteluun. Ottelu alkoi. Kiersimme ja haimme otetta toisistamme. Sain hänet alleni vatsalleen. Työnsin käteni hänen kainalon alitse niskan taakse. Se oli ote, jolla olisin saanut hänet selätettyä ja olisin voittanut mestaruuden. Silloin tuomari/valmentaja puhalsi meidät ylös. Hävisin ottelun, koska pojan isä ei voinut antaa hänen hävitä. Seuraavissa harjoituksissa valmentaja kehui minua. Hän yritti näin hyvitellä tekoaan, mutta vahinko oli jo tapahtunut. Siihen loppuivat minun paini/urheiluharrastukseni.

"Nuori miesi minne matka kiiruhtaa." Laulu kaikui seuratalon näyttämöllä, kun harjoittelimme juhlaa varten. Olin liittynyt kuoroon ja jauhoimme samoja lauluja niin kauan kunnes kuoronjohtaja kelpuutti ne esitettäviksi. Viimein koitti esityspäivä. Sali oli täynnä yleisöä. Kun tuli meidän vuoro astua areenalle, niin tärisin kauttaaltaan ja polveni löivät loukkua jännityksestä. Olin varma etten pystyisi laulamaan. Mutta heti kun johtaja antoi aloitusmerkin, lauloin muiden mukana. "Tuonne taakse metsämaan." Nämä laulut soivat vieläkin mielessäni, vaikka siitä on jo yli 50 vuotta. En muista mikä juhla oli kyseessä, mutta jossain vaiheessa oli tarjoilut ja lopussa oli tanssit. Olin kuin hurmoksessa kaikesta, lauluista, aplodeista ja muusta. Leijain pilvissä ilman mitään aineita, niin voimakkaasti koin sen juhlan.

Se oli loppukesää, kun sydän pysähtyi harjansitojan. Ruumis tomuksi ja pölyksi hajoaa, sielu vapaana vaeltaa etsien uutta kotia. Mitä tomusta ja pölystä rakennetaan? Tulppaanina maasta nousee tai tiileen valetaan. Isäni sokeus ei ollut hengen pimeyttä, ei kuuroutta eikä tyhmyyttä. Miksi huusivat? Sokeus näkyvään maailmaan kirkasti hengen, jalosti jalokiveksi. Hän lipui hitaasti uuteen ulottuvuuteen eläessään, kaivaten henkistä kotia kohti. Hän ylitti rajan johon tavallisen kuolevan ymmärrys päättyy. Hän oli valmis, vain sydän tykytti. Kun suruviesti saavutti minut, olin helpottunut ja surullinen. Jokaisen rakkaan myötä myös osa minusta siirtyy rajan yli.

Hän sitoi harjoja hän harjansitoja. Jouhituppoja kuin ihmissieluja elämänlankaan istutti. Nyt kukin tuppo tehtäväänsä suorittaa. Kun aika täyttyy harjakset hajoavat ja pölynä ne maahan vajoavat. Pian käsi uuden mestarin pölyn kokoaa. Käsi taitavin puusta pöydän rakentaa ja harja harjansitojan saa pöydän puhdistaa.

Mieleeni palasi kesälauantai-ilta pohjanmaalla. Aurinko paistoi siniseltä taivaalta. Olin juuri tullut saunasta. Menin ulos koivun alle makaamaan. Tuuli havisutti koivunlehtiä. Tuvan ikkuna oli auki puutarhaan päin. Ikkunaverhot heiluivat tuulessa. Radiossa soi lauantain toivotut levyt. Lehtien havinan ja pääskysten liverryksen yli kantautui Olavi Virran laulu "Metsäkukkia." "Metsään on tullut jo syys." Vielä tänä päivänä Olavi Virran laulut palauttavat minut lapsuuteni kotiin.

Mikä siitä teki oikean kodin? Ensimmäisenä tulee rakkaus. Sitten tulee rakkaus ja kolmantena tulee rakkaus. Isän ja äidin rakkauden lapsia kohtaan aisti joka hetki. Isän tiukat mielipiteet ja neuvot elämää varten, sekä äidin lämmin syli olivat sitä ravintoa jota lapsena sain imeä. Ilman rakkautta kodissa ei ole henkeä. Minulla on ollut onni saada kokea tätä rakkautta niin lapsuus kuin nykyisessä kodissani. Se on suurinta rikkautta.

Olin jo yli kymmenvuotias kun puhuttiin että meidän kylän osuuskaupassa oli näköradio. Se oli iltaisin näyteikkunassa auki. Minäkin ryntäsin sinne heti kun kuulin tapauksesta. Se oli talvinen päivä. Lunta satoi hiljalleen. Saavuin hengästyneenä polkupyörälläni osuuskaupalle. Toden totta jotain siellä oli koska näyteikkunan edessä oli puoli kylää tuijottamassa näyteikkunaa. Pimeys oli jo laskeutunut kylään. Näyteikkunasta kajastava valo lankesi vastasataneelle lumelle. Ihmisten välistä näin muuttuvaa valoa ja työnsin itseäni eteenpäin kunnes sain näyteikkunan näkyviin isojen ihmisten välistä. Ihmisten asuista näki kuka oli ollut jo pidempään paikalla. Heidän olkapäillä ja lakissaan oli lumikerros koska lunta oli satanut hiljalleen koko illan. Olin aivan haltioissani kun näin kuvaruudulla ratsastavia hevosia. Siellä meni lännenelokuva jossa sotilaat ajoivat takaa intiaaneja ja ampuivat koko ajan. Kuva oli vähän samanlainen kuin ilmakin eli lumisadetta ruudulla. Mutta sehän ei haitannut. Pelkästään jo se että kuva liikkui ruudulla, oli suuri ihme. Eihän sitä osannut kaivata parempaa kuvaa, kun ei ennen ollut nähnyt minkäänlaista kuvaa. Monena iltana sitä tuli poljettua osuuskaupalle liikkuvaa kuvaa katselemaan. Toisaalta se oli aika kurjaa huonolla säällä ja kovalla pakkasella.

Maalla jätkät lähtivät kännissä autoajelulle. Vahvimmassa humalatilassa oleva ajoi. Jos kuski sammui, niin sitten vaihdettiin seuraavaksi eniten humalassa oleva rattiin. Reissun aikana he olivat useamman kerran ojassa, mutta piankos riskit miehet sen sieltä pois työnsivät. Kerran he pyysivät minuakin juoppokuskiksi. Oli se pirullista hortoilla koko päivä Kristiinankaupungin kaduilla. Sen jälkeen piti yötä myöten ajaa hoilaavia ja oksentelevia juoppoja kotiin. Viimeinen niitti oli se, kun he rupesivat vierestä ohjaamaan ja vauhdissa tarttuivat rattiin. Toista kertaa en juoppokuskiksi lähtenyt.

Kultaisella kuusikymmentä luvulla minäkin ostin kolme autoa kerralla, kun sain halvalla eli satasen kappale. Oltiin oltu kutsuttuina nurkkureina häissä. Oikein lehti ilmoituksella kutsuivat, "häät nurkkurit tervetulleita." Siinä yöllä kotiin palatessa, alkoi auton alta kuulua ylimääräistä laahaavaa ääntä. Sitä noustiin sitten katsomaan ja todettiin, että moottorin takapää laahasi tietä. Kaiken maailman narunpätkillä ja taisi siihen mennä vähän vaatteitakin, saatiin moottori jotenkuten ylös, että päästiin kotiin. Aamuaurinko oli jo ylhäällä, kun käännyttiin kotipihaan. Isäni kysyi hymyillen:
"Oliko hyvä tyttö?"

Häistä puheen ollen häätalon sulhanen myi valmistamaansa pontikkaa. Se oli yleinen tapa, eivätkä poliisitkaan siihen puuttuneet. Hääpari sai pontikan myynnistä pesämunaa tulevalle elämälleen. Siksi yleinen lehdissä kutsu tuli myös nurkkureille eli kutsumattomille vieraille, näin saatiin mahdollisimman suuri ostajamäärä. Minäkin menin kerran sulhasta tönimään, että onko tietoa? Tietoa oli. Sulhanen ohjasi minut heinälatoon ja veti heinien seasta pullon, jossa oli puunoksa korkkina. Loppuilta olikin vähän sekavampaa. Joku haastoi riitaa, mutta sain puhuttua hänet kaveriksi. Kyllä niissä häissä puukotkin heiluivat ja välillä joku kylmäksi pistettiin. Eräskin pontikan keittäjä siitä linnaan joutui. Silloin ei ollut vielä puukkojunkkarien aika ohi.

Kerrankin eräs isäntä hakkasi puukolla kärrynpyörän rautavannetta ja uhosi. Sokea isäni istui kärryillä ja kysyi jälkeenpäin:

"Mikä kilkatus se oli?"

Autoista vielä sen verran, että kaikenlaisia yllätyksiä niiden kanssa sai kokea. Kerran nimittäin kävi niin, että kaasuttaja ei saanut bensaa. Onneksi mukana oli letkunpätkiä ja kippoja. Ei muuta kuin tankista imettiin bensaa kippoon. Konepelti avattiin ja yksi istui lokasuojan päällä sekä kaatoi bensaa kaasuttajaan. Kuski kurkki sivuikkunasta, kun konepelti oli edessä ja ajoi auton kotiin. Sitten kun auto oli romukunnossa, niin siitä myytiin pyörät hevoskärryn akselistoksi ja yhden katosta tehtiin vene, joka nimettiin vesikirpuksi.

Kerran yksi tyyppi ajoi vastamaalatulla soukalla Mossella jäätyneeseen hevosenpaskaan. Mosse lensi kyljelleen ja joutui uuteen maalaukseen. Minäkin peruutin kerran vastamaalatun Letukan kyljen hevosrattaisiin. Kyllä hatutti. Olihan niitä kaikenlaisia autoja. Parikin Chevrolettia, joissa toisessa oli siivekkeet takana ja etuvaloja kahdet rinnakkain. Se oli katseenkääntäjä. Sitten oli Rover ja piikkinokka Skoda, Standar Vanguar ja Vauxhall. En nyt juuri muita muista, mutta tapahtumarikasta menoa se niillä oli. Nykyään ajelen riisipusseilla.

Kerran mentiin tansseihin. Autopaikalla näkyvyys oli huono, pimeää ja huuruista. Siinä yrittäessäni parkkeerata autoa, en nähnyt juuri mitään. Kaveri alkoi takapenkiltä jelppiä toteamalla, että anna tulla vaan, täällä ei ole ketään. Minä painoin kaasua ja samassa jysähti. Pomppasin ulos katsomaan ja autohan siellä oli. Tyyppi oli juuri suutelemassa tyttöystäväänsä. Huomasin heti, että hänellä oli uusi auto. Kurkkasin hänen auton alle ja näin vääntyneitä tukirautoja. Peltejä en edes uskaltanut paremmin katsoa. Ajattelin, että nyt tuli kallis paukku. Varovasti tiedustellessani, että mitähän tämä tulisi maksamaan, tyyppi sanoi: "Anna pari kymppiä." Kaivoin nopeasti lompakon esiin ja maksoin rahat mukisematta. Menin autooni ja häivyin sieltä tanssipaikalta, ennen kuin tyyppi muuttaisi mielensä. Ehkä hän oli niin onnen huumassa tyttönsä kanssa, että ei osannut ajatella selkeästi. Paha makuhan siitä jäi suuhun näin jälkeenpäin ajatellen.

Muistan kun joulu kuoli minulta. Olin murrosikäinen poika. Olin saanut pysyvän työpaikan rahastajana. Ostin kaikille lahjan. Muille kirjat paitsi isälleni, joka oli sokea. Jotain kuitenkin hänellekin ostin. Joulun valmistelut sujuivat vanhalla rutiinilla. Metsässä kahlattiin lumessa kuusta etsimässä. Se tuotiin sisään ja koristeltiin. Käytiin joulusaunassa ja syötiin kinkut ja loorat. Edessä oli illan kohokohta eli joulupukki. Hän oli naapurinpoika, mutta se ei haitannut. Kangassäkki oli täynnä lahjoja. Niitä jaettiin ja pussi tyhjeni. Pikkusiskollani oli kasa paketteja edessään. Minulla ei ollut vielä yhtäkään. Tuli viimeisen paketin vuoro. Hiljaa mielessäni ajattelin, että sen on pakko olla minulle. Ei ollut sekään minulle. Urheana yritin sanoa: "Ei se mitään." Joulutunnelma lässähti kaikilta. Äitini oli kuin sähköiskun saanut. Hän ryntäsi kamariin ja toi sieltä kotikuntaani esittelevän kirjan, johon hän oli nopeasti kirjoittanut omistuskirjoituksen. Mutta vahinko oli jo tapahtunut ja joulu kuollut minun osaltani. Joka joulu sen jälkeen muistan sen syvän pettymyksen tunteen, jonka valtaan jouduin. Jotenkin lahjat eivät ole sen jälkeen tuottaneet isompaa iloa. Olisipa ollut paketissa vaikka niin huonoja karkkeja, joita ei koirakaan huoli ja nahistunut omena, kunhan olisi ollut paketti säkissä.

"Herra jumala minkä tuo jätkä meni tekemään."
Äitini oli kiihtyneessä mielentilassa. Me kaikki käännyimme katsomaan häntä. Viimein isäni tokaisi:
"No mitä se nyt on tehnyt?"
"Söi padallisen jäähtymässä ollutta mämmitaikinaa."
Siinä sitä sitten joukolla päiviteltiin. Minäkin kävin kysymään:
"No miten se nyt sillä lailla pääsi käymään?"
"Minä sen laitoin tuohon pihalle jäähtymään. Sillä aikaa kun minä olin sisällä, oli veljes jättänyt jätkän sitomatta pihaan ja tullut sisälle. Totta kai se oli haistanut sen mämmin ja söi pois. Voi että pistää vihaksi. Siinä meni kalliit aineet hukkaan. Se oli iso vahinko."
Isääni alkoi naurattaa. Lopulta kaikki muutkin nauroivat paitsi äiti. Äitini sanoi vihaisena isälleni:
"Mitä siinä naurat? Ei tässä ole mitään nauramista."
"Mietin vaan miten jätkää pierettää ensi yönä."
Me kaikki purskahdimme nauruun. Äitini tokaisi vihaisena:
"Tänä pääsiäisenä jäätte ilman mämmiä!"
Nauru loppui siihen. Jätkä oli muuten hevonen.

Se oli suuren juhlan tuntua, vaikka olimme pelloilla, jossa kynnökset pistivät lumen alta esiin ja multa tarttui saappaisiin. Metrien korkuinen risukasa seisoi edessämme hämärtyvässä kevätilmassa. Mietittiin joko olisi riittävän pimeä. Sitten joku näki kylän peltoaukealla joitakin tulia sytytetyn. Niinpä mekin päätimme sytyttää pääsiäiskokkomme. Se oli kuin vanhan auton käynnistäminen, syttyy, ei syty. Viimein tuli lähti liikkeelle kuivista oljista, joita oli sijoitettu kokon sydämeen. Hitaasti kuivemmat puut alkoivat palaa ja viimeisenä tuli tarttui tuoreisiin kuusen oksiin. Ne paloivat rätisten ja paukkuen. Kipinäsuihkut sinkoilivat ylöspäin pudoten kiiluvina silminä maahan. Kokko oli mahtavaa katsottavaa, kun tuli saavutti huippunsa. Tuntui että liekit tavoittelivat taivaalla kiiluvia tähtiä. Mykistyneinä tuijotimme roihua kunnes se alkoi hiljalleen hiipua. Lumilaikutkin olivat sulaneet kokon ympäriltä. Maa oli silkkaa liejua. Se ei haitannut meitä. Tytöt tirskuivat omissa ryhmissään ja pojat härnäsivät heitä ja ajoivat heitä takaa. Se oli keväinen soidinmeno. Noidat olivat lentäneet luutineen valopiirin ulkopuolelle. Ilma oli viilennyt pakkasen puolelle, mutta hiipuvan kokon läheisyydessä oli lämmintä. Kohensimme hiillosta pitkillä kepeillä ja heittelimme palamattomat oksat hiillokseen. Lopulta hiillos alkoi tummua ja kylmyys hiipi sisimpäämme. Noitien kädet hivelivät selkiämme. Nokisina ja jalat kurassa lähdimme sisään, vaikka olimme aikaisemmin illalla olleet saunassa. Edessä oli pääsiäisyö. Olo oli levoton. Katsoin navetalle ja toivoin että noidat jättäisivät lehmät rauhaan. Toivoimme tulemme olleen riittävän suuri ja karkottaneen noidat kartanolta. Taivaalla loisti täysikuu, joka joutui ajoittain pienten pilvenhattaroiden taakse. Esiin tullessaan se toi liikkuvat varjot ympärille. Tunsin pientä levottomuutta ja vilunväristykset kävivät lävitseni. Menin sisään suoraan sänkyyni. Uni ei tahtonut tulla. Kuu kurkisteli verhojen raosta sisään. Siinä unen ja valveen rajamailla sieluni liikkui oudoilla poluilla.

Savimontusta savu nousi. Padan alla tuli riehui, vesi kiehui. Kissankellot pientareella kurkkivat. Poutapilvet vartioivat. Auringon ruskeaksi paahtama käsi nosti paidan padasta ja hankasi sitä lautaan. Se oli äitini käsi. Mäntysuovan tuoksu leijui ympärillä. Kuului laulu pyykkärin. Lapsi sammakkoa seurasi nauraen. Linnut iloisina lauloivat. Kirveen kalke kartanolta kantautui. Lehmä ammui. Mehiläinen imi mettä kukan kämmeneltä. Viljapellot hiljaa lainehtivat.

Kierin ja pyörin savumontun reunalla, kun äitini pyykkäsi. Savun ja mäntysuovan hajun yhdistelmä tiesi puhtaita vaatteita lauantaina. Pyykkipäivä oli aina kaunis, sillä pyykit piti saada kuiviksi. Olin kuin sorsanpoikanen emonsa perässä eli aina siellä missä äitini. Montun reunoilla oli paljon kukkia, kissankelloja, niittyleinikkejä ja päivänkakkaroita. Me nimitimme niitä elän kuolen kukiksi. Aloin nyppiä terälehtiä kukasta. päästyäni loppuun huusin:

"Äiti minä elän."

Tuulipyörä kiisi hangella kilvan pulverilumen kanssa. Pakkanen puudutti pienen nenän ja posket. Päiväntasaajan aurinko jakoi ylijäämä säteitään pimeään pohjolaan. Harjansitojan lanka kiristyi ja höyläpenkki nitisi. Pakkasilmassa radioaallot kuljettivat kesäyön unelmaa. Talitintti nokki jäätynyttä rasvapalloa. Kuumasta uunista nostettiin "ankkastukki." Huumaava tuoksu täytti tuvan. Jänis ponkaisi tuulipyörää karkuun. Lanka napsahti poikki. Harja oli valmis harjansitojan.

Tuulipyörä katosi horisonttiin. Aurinko painui taivaanrannan taa, väki kävi nukkumaan. Alkoi näkemisen aika harjansitojan, kun saapui unen maahan.

Rikin ostosta käytiin aina neuvotteluja. Pohdimme sitä, että kuka meistä sitä varmimmin saisi apteekista ja millä perusteilla. Salpietaria oli aina talossa ja palamatonta puuhiiltä teimme itse. Sijoitimme tulisijaan lastuja sisältäviä purkkeja joihin ei tuli päässyt. Me teimme mustaa ruutia. Käytimme sitä itse tekemissämme sankkitussareissa. Minäkin täytin peltiputken puolilleen ruutia ja aioin räjäyttää sen käsissä. Kaverit sanoivat, että älä ole hullu, joten kiinnitin sen seinään ja sytytin kulman takaa. Kuului kunnon pamaus ja putki oli pieninä kappaleina seinässä ja maastossa. Siinä olisi minun käynyt köpelösti. Sitten löysin paksuseinäisen umpiputken johon viilasin sankkireiän ja kiinnitin sen tukevasti tekemääni tukkiin, ainakin omasta mielestäni. Menin keväiselle kyntöpellolle, jossa lumen alta jo pilkotti multapaakkuja. Nostin tussarin olkaani vasten ja raapaisin tulitikkuaskilla tikuista valmistettua viritelmää. Kuului korvia huumaava pamaus ja lensin selälleni, kuin Yli-Vainion kokouksissa. Multapaakkuja lenteli ympäriinsä ja tussarin tukki hajosi. Olkapääni oli pitkään kipeä. Erilaisista putkista yritimme tehdä myös raketteja. Jokunen kyhäelmä jopa lensi vähän matkaa. Yleensä ne räjähtivät. Jotkut jysäyttelivät postilaatikoita näillä pommeilla. Jälkeenpäin pidän ihmeenä, että yleensä vielä olen hengissä.

Lelut olivat ylellisyyttä maalla sodan jälkeen. Silloin lapsista kehittyi luovia, niin hyvässä kuin pahassa, kun leikit ja lelut piti tehdä itse. Laudasta vuoltiin leikkipyssyt ja rakennettiin leikkiautot. Myös litteät pullot olivat autojen korvikkeita. Sitä leikittiin piilosta, kymmentä tikkua laudalla, inkkarisotaa ja hypittiin ruutua. Tehtiin puujalkoja, hyppytelineet, keihäät, jouset ja nuolet. Kilpailtiin kaikesta mahdollisesta ja heitettiin penniä seinää vasten sekä heitettiin hevosenkenkää tikkuun. Jos ei muuta keksitty, niin riideltiin siitä kuinka paljon kenelläkin mitäkin oli. Lopuksi sitä oli "eiffel tsiljoonaa" tai maasta taivaaseen ja sen jälkeen toisella oli kaikkea vielä puolta enempi. Näin jatkui loputtomiin. Mullapas, mullapas. Ellei ymmärretty ajoissa lopettaa alkoi solvaaminen ja kivien heittely. Yleensä se päättyi johonkin uuteen kisaan, vaikkapa kuka hyppää korkeammalta. Jos sattui olemaan talvi, niin joku saattoi hypätä jopa talon harjalta kinokseen. Kukaan ei tullut ajatelleeksi, mitä siellä kinoksen alla on. Polkupyörällä ajettiin täyttä vauhtia ojaan ja lennettiin ohjaustangon yli. Eipä meidän päitä silloin paljon järki pakottanut.

Pohjanmaalla tuuli aina tai siltä ainakin näin jälkeenpäin ajatellen tuntuu. Se toi sateita ja ukonilmoja tullessaan. Ukonilman vyöryessä yllemme mustana mattona se jäi päällemme pyörimään, jos se tuli tietystä suunnasta. Valitettavan usein se juuri tuli ei toivotusta suunnasta. Vuosien mittaan salama oli kaatanut puita, tappanut elukoita, kääntänyt maata, repinyt tapetteja ja rikkonut mitä milloinkin. Kerran ukonilman jälkeen menin naapurin pojan kanssa räystään alle ja annoimme veden tippua päähän. Äitini seisoi navetan ovella. Yhtäkkiä kuului pamaus ja me lensimme maahan mahallemme. Tärisin kauttaaltaan ja polvet loukkua lyöden säntäsin ylös. Verannalla oli kaksi askelmaa. Kompastuin molempiin askelmiin ja kynnyksiin. Joten menin sisään suurin piirtein nelinkontin, vaikka joka välissä yritin nousta ylös. Kauhusta kankeana yritimme yhteen ääneen selittää tapahtunutta, jota emme tietenkään ymmärtäneet. Äitini tuli navetalta ja selitti mitä oli tapahtunut. Meidän yläpuolellamme oli ollut sähköjohto, johon oli iskenyt pallosalama. Meidän onneksemme se oli pysähtynyt lankoihin. Ehkä en olisi tätä tässä kertomassa, ellei niin olisi käynyt.

Maalla kerrottiin tarinaa yhdestä Hemmosta. Kerrankin se oli mennyt lokasuojattomalla polkupyörällä, jossa ei ollut mitään muutakaan ylimääräistä, kuten ketjunsuoja, soittokello, tavarateline, valoista nyt puhumattakaan. Poliisi oli nähnyt hänen menonsa ja ruvennut huitomaan sekä huutamaan:
"Oho onpa alaston pyörä!"
Hemmo oli vastannut:
"Ei oo viluansa valittanut," ja jatkanut pysähtymättä matkaansa.

Kerrottiin hänen kerran käyneen kaupungissa yökylässä. Hän ei kuulemma vaihtanut alusvaatteitaan kuin uusiin, kun vanhat kuluivat puhki. Emäntä oli vieraan kunniaksi vaihtanut puhtaat valkeat lakanat. Hemmon lähdettyä oli lakanoissa ollut hänen kuvansa. Minulla ei ollut kunniaa tuntea kyseistä herraa. Mene ja tiedä kuinka paljon vuodet ovat kullanneet tarinoita Hemmosta.

Silloin kun ei vielä ollut televisiota ja kirjojenkin luku oli vähäistä, eikä ollut hyviä kauhutarinoitakaan, niin se kaikki korvautui kummitusjutuilla, joita tosina kerrottiin. Meidän kylällä oli kerran kaikkien tuntema nainen kulkenut iltahämyssä lumisateessa. Eräs mies oli tavannut hänet ja tervehtinyt naista. Nainen ei vastannut hänen tervehdykseensä, vaan oli jatkanut matkaa tumma takki hulmuten. Mies oli ollut ihmeissään moisesta käytöksestä ja lähtenyt seuraamaan naista. Mutta nainen olikin kadonnut. Mies katsoi maahan eikä nähnyt lumessa naisen jälkiä. Silloin hän oli muistanut, että nainen oli kuollut. Nämä tarinat saivat niskavillat pystyyn. Urhoollisuuden osoituksia oli mennä vaikkapa hautausmaalle yöllä.

Yksi isäntä oli mennyt hevosella pimeällä metsällä. Oli ollut keskiyö ja tähdet tuikkineet taivaalla. Hevonen oli pysähtynyt yllättäen. Mies kuuli ritinää ylhäältä ja katsoi ylös. Taivaalta laskeutui rätisevä köysi, paikoin ohut ja paikoin paksu. Rikinhaju oli levinnyt ilmaan. Mies oli näkyä ihmeissään katsellut. Pian köysi oli vedetty ylös. Hevonen oli sännännyt karkuun ja pysähtyi vasta kotipihalla. Vavisten isäntä oli kertonut näkemäänsä. Kylmänväreissään talon väki oli sinä iltana mennyt nukkumaan. Ehkä tämä oli sen ajan UFO juttuja. Se oli myös herättänyt paljon keskustelua, kun hevonenkin oli siihen reagoinut. Muuten juttua olisi voitu pitää vaikkapa viinan vaikutuksesta johtuvana ilmiönä, ohjastusjuoppoutena. Tosin tarina ei kertonut oliko isäntä edes ollut viinaan menevä mies. Ainakin siihen aikaan sellaiset epäilykset olisi heti tyrmätty.

Pihalta oli kuulunut lapsen itkua. Sitä mentiin katsomaan. Siellä yli pihan meni kana jolla oli lapsen pää. Ihmisten iho meni kananlihalle. Heidän ajatuksensa olivat jääneet pihalle, kun he säntäsivät sisään. Sitä kauan pohdittiin, mikä rikos oli talossa tehty. Mitä sovitusta henki etsi? Myös tätä tarinaa totena kerrottiin. Jotkut arvelivat, että talossa oli ollut tyttö, joka oli ollut raskaana ja suorittanut keskenmenon. Toisten arvelut menivät vielä pidemmälle. He uskoivat, että tyttö oli synnyttänyt ja tappanut lapsen sekä syöttänyt ruumiin kanoille. Myös sanottiin, että lapsen luut olisivat piilotettuna talon rakenteisiin tai alle. Tämä on mysteeri, joka vielä tänäkin päivänä on ratkaisematta.

Äitini muisteli omaa kauhutarinaansa näin. Hän nukkui nuorena erään maalaistalon ullakkohuoneessa. Hän heräsi siihen, kun peitto repäistiin hänen päältään. Se oli levitetty lattialle kuin matto, ihan suoraan ilman rypyn ryppyä. Hän otti sen lattialta ja kääri ympärilleen tiukasti, jopa taittaen peiton reunat alleen. Mutta sama toistui. Ei antanut henki hänelle rauhaa. Hän pakeni huoneesta, eikä sen jälkeen suostunut siellä nukkumaan. Kaikki karttoivat sitä huonetta. Siitä visusti vaiettiin, sillä se huone oli hengen koti.

Myös muita ihmisiä oli kokenut siinä huoneessa jotain vastaavaa. Se oli monien iltahetkien keskustelun aiheena. Pohdittiin sitäkin, että siinä huoneessa oli joku kuollut, eikä häntä ollut haudattu siunattuun maahan. Se oli siihen aikaan hyväksytty teoria, että henki kummitteli niin kauan kunnes hänet siunataan kirkkomaahan.

Talossa oli perunan nosto talkoot. Remuten talkooväki saapui tupaan syömään. Perunat oli maasta nostettu. Pöydän ympärillä oli äänekästä puheen sorinaa. Ruoka maistui kovan työn päälle. Yhtäkkiä ovensuusta kuului kuorsausta. Kuka oli tuo kuorsaaja? Sänky oli tyhjä, silloin kaikki vaikenivat. Pelko hiipi väen sydämeen. Kukaan ei uskaltanut mennä ovesta ulos. Ikkunan luokse kaikki kauhuissaan ryntäsivät ja siitä ulos hyppäsivät. Kuorsaaja vain jatkoi uniaan.

Tämä tapaus oli taas uudenlainen, sillä sen kokivat kaikki ihmiset ja niitähän oli talkoissa vähintään kymmenkunta. Eli kummitusjuttujen sarjassa tämä tapaus oli yksi uskottavimmista suuren kokijaryhmän vuoksi. Kaikissa tapauksissa kuitenkin syyksi löytyi aina joku rauhaton sielu. Kuitenkin näissä taloissa elettiin, vaikka näitä kokemuksia pelättiin. Henkien kanssa oli vain tultava toimeen. Niin se oli.

Oman lukunsa kauhutarinoissa toivat mielenterveyshäiriöiset, jotka tekivät mitä kauhistuttavimpia tekoja sairautensa syövereissä. Eräskin tapaus kertoi lapsensa surmaajasta. Hän luuli lastaan lohikäärmeeksi, ja puukolla hengen riisti, näin pyhä ääni käski.

Alas katon harjalta hyppäsi, ja jokeen jäihin juoksi, ajoi takaa perkele. Hän seisoi joessa kuin Johannes, kädet levällään ja odotti Jeesusta. Oli väärä Jeesus oppaanaan.

Mielisairaalat ovat täynnä Jeesuksia, siellä henget ja demonit kujeilevat ja oikosulut aivoissa temppuilevat.

Nykyään aivotutkimus selittää näitä sairauksia. Siihen aikaan maalla syyt olivat aina henkien ja paholaisten aikaansaamia. Siksi esimerkiksi pohjanmaalla pääsiäisenä poltettiin noitatulia, kun haluttiin torjua pahojen henkien uhkia.

Sydän kurkussa pomppaillen poljin riihen ohi. Riihessä säilytettiin kuollutta naapuria. Se oli pimeä syksyinen yö. Tulin seurojen talolta katsomasta kauhuelokuvaa, joka oli kielletty lapsilta. Koska emme saaneet lippua, niin rynnistimme joukolla pimeään saliin elokuvan alettua. Vahtimestari ei voinut isolle poikajoukolle mitään, eikä elokuvaa keskeytetty meidän tempauksen vuoksi. Nyt lapselliselta tuntuva elokuva oli silloin niin pelottava, että se toi kylmänväreet selkäpiihin vuosien ajan. Kotiin polkiessani koin jokaisen kasvin ja aurakepin uhkaavaksi olennoksi ja niitä riitti. Katuvaloja ei tunnettu. Poljin ja mietin. Mitä minä pelkään, mitä poljen pakoon, ei ruumis lähde perääni, ei pimeys minua syö. Näin haamuja kaikkialla, olivat varjot perässäni, vaikka kuinka poljin, ne olivat minun päässäni. Vasta kodin lämpö, vasta kirkas valo, omaisteni rakkaus, vei haamut mielestäni.

Hän nukkui autiotalon ullakolla. Alhaalta kuului tiskausta, siellä käytiin vilkasta keskustelua ja keinutuoli keikkui lattialla. Talo oli pimeä, talo oli autio, vain henget siellä asustivat. Hän katsoi toiseen maailmaan, hän katsoi tuonpuoleiseen, hän näki elämän autiuden. Hänen ihokarvansa nousivat pystyyn, hän oli väärällä puolella.

Kauhuissaan hän ryntäsi karkuun. Kuka voi meille kertoa, millä puolella rajaa totuus asustaa ja millä puolella on harhan maa? Mikä saa meidät pelkäämään tuonpuoleista maailmaa, vaikka tarinat kertovat kuoleman hetken tuomista hyvänolontunteista? Miten ihmiset eivät olisi enää halunneet palata tähän niin sanottujen elävien maailmaan, kun ovat päässeet kurkistamaan tarpeeksi syvälle varjojen maahan.

Olin pelännyt lapsena pimeää. Meillä oli ulkovessa kartanon takana. Talvi-iltaisin juoksin vessaan sydän jyskyttäen ja välillä pyysin jotain "kummiksi", kun oikein pelotti. Istuessani reiälle minusta tuntui, että joku olento kurkotteli tunkion pimeydestä. Poistuessani vessasta yritin nähdä pimeyden läpi, sillä pelkäsin suden vaanivan siellä. Jos jostain kuului pienikin kahahdus, niin juoksin sisään sellaisella vauhdilla, että saatoin kaatuilla kynnyksiin. Vei aina oman aikansa, ennen kuin hengitykseni tasaantui. Minulla oli monta sisarusta, jotka vielä pelottelivat minua pimeydellä. He saattoivat sanoa: "Varo mörköä." Yritin kuvitella mörön ulkomuotoa. En onnistunut saamaan muunlaista kuvaa kuin, että se oli jotain mustaa, karvaista, isohampaista ja pelottavaa.

Kerran päätin voittaa pelkoni ja menin avoullakolle nukkumaan. Pimeyden laskeuduttua menin tiiviisti peittojen alle ja taittelin jalkani peiton sisään niin, että mihinkään ei jäänyt rakoja. Mutta uni ei tullut ja tunnista toiseen kuuntelin yön ääniä. Välillä tunsin kylmänväreitä silkasta pelosta, vaikka ihoni oli samaan aikaan hikinen. Tuuli raapi pihlajanoksia tiilikattoa vasten. Silloin minusta tuntui, että sydäntäni revittiin rinnasta. Yö oli silkkaa painajaista. Aamulla kuulin tuvasta askareiden ääntä ja riensin kiireesti tupaan. Suurella kiitollisuudella siunasin päivänkoiton, söin puuroa ja join kahvia. Muuta en sitten jaksanutkaan valvotun yön jälkeen.

Laitan tähän loppuun pienen kahden kuvitteellisen pojan vaellustarinan. Todellisuudessa minä tein sen matkan hyvän kaverini kanssa, mutta tarinassa sattuneet asiat ovat pitkälti fiktiota, siksi poikien nimet ovat keksittyjä ja tarina on tarina, joten olkaa hyvä.

He päättivät lähteä vaeltamaan Janne ja Einari. He olivat esimurrosikäisiä pojankoltiaisia. Elettiin sodan jälkeisiä vuosikymmeniä pohjanmaalla. Kaikesta oli vähän pulaa, varsinkin leluista ja ylellisyys tavaroista. Oli kaunis kesäpäivän aamu kun he miettivät mitä kaikkea pitäisi ottaa mukaan. Janne aloitti:

"Ainakin pitää ottaa koulureput johon tavarat pakataan."

"Joo ja ruokaa. Siellä metsäkämpällä voidaan keittää. Mutta mitä keitettäisiin?" Einari ihmetteli.

"Lanttuja, myös tulitikkuja tarvitaan, että saadaan tuli."

"Niin ja pyssyt jos sattuu intiaaneja tulemaan."

Pyssyt olivat puusta vuoltuja revolvereita, joihin oli tehty nahasta kotelot. Janne jatkoi luettelointia:

"Linkkarit millä voidaan tehdä keihäitä jos sattuu susia tulemaan."

"Lännen hatut päähän tietenkin."

Aurinko paistoi kirkkaalta taivaalta kun he painelivat peltotietä kohti metsän rajaa. Lintujen liverrys oli tauotonta musiikkia heidän korvissaan. Ojanpenkalta, kissankellojen ja päivänkakkaroiden välistä he pistivät suolaheinää suuhunsa.

"Hei katso Janne, tuossa on elänkuolen kukka."

Einari repäisi päivänkakkaran ja alkoi laskea terälehtiä nyppiessään.

"Elän kuolen, elän kuolen, hei minä elän.

"Janne nyppi omaansa ja totesi.

"Minä kuolen."

Vähän aikaa he sulattelivat asiaa. Sitten Janne kysyi Einarilta:

"Mitä kautta mennään ja osaatko sinä varmasti sinne reitin."

"Totta kai osaan. Ensin mennään Mäkelänmäen ja Korkiannevan yli ja sitten metsätietä Mustaasnevalle ja siitä yli Kankalonmaahan."

Niinpä he sitten menivät peltojen poikki metsään ja siellä he ylittivät mäen, josta matka jatkui nevalle eli suolle. Korkiannevalla he alkoivat etsiä valokkeja eli lakkoja. He risteilivät edestakaisin kunnes löysivät muutaman ja söivät ne hyvällä ruokahalulla. Pian he kuitenkin jatkoivat matkaa, sillä he tiesivät, etteivät pääsisi koskaan perille, elleivät kiiruhtaisi. He kävelivät vanhaa metsätietä pitkin kohti Mustaasnevaa. Siellä tuli pieni laiha mies heitä vastaan. Hän puhui itsekseen. He eivät saaneet selvää hänen puheestaan. Kun mies tuli heidän kohdalle Einari kysyi:

"Mitä sä sanoit?"

Mies säpsähti ja katsoi poikiin. Hän luuli että pojat tekisivät hänelle pahaa. Mutta kun pojat vain odottivat vastausta, hän alkoi puhua epäselvällä äänellä:

"Se oli niin kova tuuli että mun piti lyödä rautakanki maahan ja pitää siitä kiinni ettei tuuli vie mua."

Poikia alkoi naurattaa. He tirskuivat vähän aikaa kaksin kerroin. Viimein Janne kysäisi:

"Koska niin kova tuuli oli?"

"Nyt pitää mennä."

"Mihin nyt tuollainen kiire on?"

"Pitää tehdä reikiä hiirille."

Pojat katsoivat toisiaan hölmistyneinä. Einari kysyi:

"Mitä ihmeen reikiä."

"Että ne pääsee sisään ja ulos."

"Siis hiiret."

"Niin ja lautoja pitää laittaa reikien alle kulkuväyliksi."

"Mihin?"

"Kotiin, nyt pitää mennä."

Ukko lähti jatkamaan matkaa. Pojat alkoivat uudelleen nauraa ukolle. Siinä jutellessaan ja nauraessaan he saapuivat Mustaasnevan laidalle. Se oli heidän mielestään iso kuin valtameri. Neva ja taivas yhtyivät horisontissa. Jannea alkoi epäilyttää:

"Ei tästä taida tulla mitään. Pitäisikö kääntyä takaisin?

"Ei ei kyllä se pian on ylitetty kun vaan mennään."

Nevalla oli pieniä lampia. Suopursu kukki ja kanervat ulottuivat polviin. Paikoin oli hyllyvää lettoa ja paikoin mustaa rapaa. Siinä mennessään he näkivät ravassa suden jäljet. Einari näki ne ensin ja kysyi:

"Mitkähän noi jäljet ovat?"

Janne tutki jälkiä ja totesi:

"Suden."

"Miten niin?"

"No katso nyt kaksi keskimmäistä varvasta on selvästi pidemmät kuin muut varpaat."

"Mitä se todistaa?"

"No kun koiralla ei ole niin. Sillä on kaikki varpaat suunnilleen yhtä pitkät ja onhan nuo jäljet aika isotkin."

"Onkohan se lähellä?"

"En minä tiedä."

Pojat vilkaisivat toisiaan ja vilkuilivat ympärilleen. Neva oli autio ja tyhjä. Kuin sanattoman sopimuksen tehneinä he kiiruhtivat suolla eteenpäin välillä kompuroiden ja kaatuillen. He olivat vetäneet puiset leikkirevolverinsa kotelosta ja osoittelivat niillä ympärilleen. Jossain vaiheessa Einarin jalka lipesi suonsilmäkkeeseen. Jalka vajosi heti reittä myöten suohon. Einari heittäytyi mahalleen suomättäälle. Siten hän pelastui vajoamasta silmäkkeeseen kokonaan. Hän huusi Jannelle:

"Odota mä putosin suonsilmäkkeeseen."

"Pääsetkö sä ylös?"

"Joo joo mutta jalka on aivan märkä. Mun on pakko vääntää housunlahje ja sukka."

85

"Mä tuun sinne."

"Katso miten paljon vettä kengässä."

"No metsäkämpällä sä voit kuivatella niitä."

"Niinpä."

Viimein he tulivat takaisin metsään. Puiden välistä nousi savua. Janne kysyi:

"Mennäänkö katsomaan mitä tuolla palaa?"

"Mennään vaan."

Metsässä istui yksinäinen mies pannujen, kattiloiden ja putkien seassa. Pojat katsoivat ihmeissään miehen puuhia. Viimein Einari kysyi:

"Mitä sä teet?"

"No minä tässä vähän keittelen vettä, puhdistelen ja kirkastelen sitä."

"Ai jaa."

"No mihinkäs pojat ovat matkalla?"

"Tuonne erälinnakkeelle pitää viedä viestiä intiaaneista."

"Ja pyssyt mukana."

"Totta kai."

"No menkäähän nyt viemään sitä viestiä. Älkääkä puhuko musta mitään."

"Ei puhuta."

Kun he olivat kuuloetäisyyden ulkopuolella miehestä, Janne
tokaisi:

"Viinaa se äijä siellä keitti."

"Niin keittikin mutta parempi kuin ei oltu tietävinämme."

"Niin se olisi voinut suuttua. Onko sinne kämpälle vielä pitkä
matka?"

"Ei ole. Tuolla oikealla on kytömaita ja se on siinä pellon
reunalla."

Vähän ajan kuluttua he saapuivat kämpälle. He menivät sisään
ja tutkivat kämpän.

Siellä oli joitakin käytössä kuluneita ja lommoutuneita astioita
kaapissa. Sitten Jammu huomasi komeron lattialla kaljakorin. Hän otti
pullon käteensä ja totesi sen tyhjäksi. Sitten hän kiinnitti huomiota
siihen, että joissakin pulloissa oli vielä korkki paikoillaan. Hän nosti
niitä ja näki niiden olevan täysiä. Hän huusi Einarille:

"Hei täällä on kaljaa!"

"On vai?"

"Joo."

"Onko paljonkin?"

"Odotas yksi, kaksi, hmm, ainakin viisi pulloa."

"Pilsneriäkö?"

"Ei kun oikein Alkon kaljaa."

"Juodaan pois."

"Oletko sä tosissasi?"

"Joo."

He saivat avattua pullot ja alkoivat juoda niitä. Viidennen he päättivät juoda puoliksi.

Samalla he sytyttivät tulen hellan alle. Piippu ei vetänyt aluksi yhtään. Kämppä täyttyi savusta ja he yskivät ja köhivät. Ojasta he löysivät vettä lommoiseen kattilaan. He laittoivat kylmään veteen lantun ja odottelivat ulkona lantun kypsymistä, sekä joivat odotellessaan löytämäänsä kaljaa. Kun kalja oli juotu, he menivät sisään. Savupiippukin oli alkanut vetää. Pahin savu oli hävinnyt kämpästä. Välillä he koettivat veitsellä, joko lanttu oli kypsynyt. Viimein se oli sen verran pehmennyt että he päättivät syödä sitä. Einari laittoi palan suuhunsa ja yökkäsi:

"Hyi helvetti!"

Janne seurasi esimerkkiä ja työnsi ison palan suuhunsa:

"Yäk. että voi olla pahaa."

"Ei tätä voi syödä."

"Ei niin, heitetäänkö se pois?"

"Heitetään ja lähdetään kotiin että ehditään illaksi syömään."

He viskasivat lantun ulos ja lähtivät kiireen vilkkaa kotia kohti. Koska pojat olivat ensikertalaisia oluenjuojia, niin olut oli tehnyt heidän olonsa jotenkin epätodellisen tuntuiseksi. Kumpikaan ei halunnut myöntää sitä toiselle, joten he menivät hyvin keskittyneesti eteenpäin. Viinankeittäjä huitoi heitä luokseen. Mahat kurnien he menivät hänen luokseen. Hän kysyi pojilta:

"Onko pojilla nälkä?"

Yhtä aikaa he sanoivat:

"No on."

"Eikö linnakkeella saanut ruokaa?"

"Oli siellä lanttua mutta kun se oli niin pahaa keitettynä." Totesi Janne.

"Mulla ei ole paljon ruokaa mutta haluaako pojat maistaa keitettyä vettä?"

Pojat katsoivat toisiaan. Kummankin suu oli kuiva. He nyökkäsivät. Mies kaivoi repustaan pari mukia ja kaatoi ne puolilleen pontikkaa. Itse hän naukkaili suoraan pullosta.

"Kippis." Hän sanoi.

"Kippis." Vastasivat pojat vaisusti.

Pojat maistoivat juomaa. Se poltti heidän kuivissa suissaan. He yskivät ja köhivät. Mies otti kannusta vettä ja laimensi heidän juomansa, sekä totesi:

"Eiköhän se nyt mene alas."

Sitten mies alkoi rallattaa:

"Katsos kuinka vesi kiehuu,
kattiloissa voima riehuu.
Tippuu nyt jo rännin suusta,
hihkuu miehet korvessa."

Irvistellen pojat tyhjäsivät mukinsa. Heidän kummallinen olotilansa vaan paheni. He laittoivat mukinsa maahan ja hoippuivat ylös. Einari mutisi:

"Täytyy mennä kotiin."

Mies katsoi heitä ja kysyi:

"Pärjäättekö te varmasti?"

"Joo."

Epävarmoin askelin he lähtivät kohti Mustaasnevaa. Pää alas painettuna he etenivät polkua pitkin. Janne kompastui puun juureen ja mätkähti mahalleen maahan. Einari sai naurukohtauksen ja kaksin kerroin taipuneena hän ulvoi naurusta, kunnes mätkähti selälleen. Silloin rupesi Jannekin nauramaan. He kierivät maassa ja nauroivat katketakseen. Viimein kun nauru taukosi he jäivät selälleen makaamaan ja huohottamaan. Väsymys ja pontikan sekä oluen aiheuttama turtuneisuus sai heidät nukahtamaan. Iltapäivä oli jo pitkällä kun Janne heräsi ja ihmetteli missä hän oli. Hän katsoi vieressään makaavaa Einaria ja muisti palaili hiljalleen. Hän alkoi ravistella Einaria:

"Hei herää."

"Älä töni ei nyt ole aamu."

"Ei olekaan vaan ilta. Pitää lähteä jos meinataan ehtiä yöksi kotiin."

"Ai hitto kun on paska olo."

"No se oli se pontikka. Oletko sä ennen maistanut viinaa?"

"Oon mä. Entä Sinä?"

"En ole."

"Voi paska kun väsyttää. Mä en jaksa kävellä ja on hirveä nälkäkin."

"No niin on, mutta mennään nyt."

"Olisikohan se antanut sitä pontikkaa enemmänkin jos olisi pyytänyt?"

"Kyllä kai, mutta en minä usko, että se olisi nälkään auttanut."

"Siitä olisi saanut voimaa."

"Tai sammunut."

"Niin."

He alkoivat mielessään pohtia asiaa. Päätään pidellen he nousivat ylös ja lähtivät ylittämään nevaa. Matka oli hidasta raahustamista. He kompuroivat ja kaatuilivat yhtenään. Välillä jalka sukelsi suon silmäkkeeseen. Märkinä ja likaisina he saapuivat pellon laitaan. Sieltä he näkivät kotitalonsa. Peltotietä tullessaan Janne katsoi taakseen ja näki suden tulevan heidän perässään. Hän karjaisi Einarille:

"Hei takana on susi, juostaan!"

Einari vilkaisi taakseen ja lähti Jannen perään juoksemaan. Parin sadan metrin päässä oli riihi. Janne huohotti juostessaan ja huusi:

"Mennään riiheen piiloon!"

"Joo."

Vaikka he kuinka juoksivat, niin tuntui että riihi ei lähestynyt ollenkaan. Vähän väliä he vilkuilivat taakseen. Susi hölkkäsi heidän perässään. Ikuisuudelta tuntuvan ajan jälkeen he viimein saapuivat riihelle ja syöksyivät olkikasan alle piiloon. Siellä he yrittivät olla hengittämättä, vaikka keuhkot huusivat ilmaa juoksun jälkeen. Einari sihahti:

"Älä hengitä niin kovalla äänellä se kuulee."

"Itse huohotat kuin veturi."

Lopulta heidän hengityksensä tasaantui ja äänettöminä he kuulostelivat ääniä ympäriltään. Joka hetki tuntui siltä että susi tulee juuri nyt ja alkaa kaivaa heitä kasan alta. Mutta kun mitään ei tapahtunut, niin Janne lopulta kysyi:

"Kauanko vielä ollaan täällä?"

"En tiedä jokohan se meni?"

"Kyllä kai."

"Kuunnellaan vielä vähän aikaa, jos vaikka joku menisi tiellä, niin lähdettäisiin sen perään."

"Joo."

Vähän ajan kuluttua kuului polkupyörän ääni. He pomppasivat olkien alta katsomaan kuka siellä meni. Janne tunnisti veljensä:

"Se on Aapo, mennään."

"Joo ja äkkiä."

He kömpivät riihestä tielle ja lähtivät juoksemaan Jannen veljen perään. Oli jo iltamyöhä, kun he viimein saapuivat kotiin nälkäisinä ja janoisina. He alkoivat heti kertoa sudesta, jota olivat olleet riihessä piilossa. Jannen veli nauroi:

"Ei siellä mitään sutta ole ollut. Se on tuon Leskisen koira joka siellä juoksentelee."

Janne ja Einari katsoivat noloina toisiaan. Janne kysyi Einarilta:

"Uskallatko sinä lähteä yksin kotiin?"

"Joo." Einari totesi.

Hän lähti kohti kotia pää kumarassa hyvin väsyneenä. Janne huusi hänen peräänsä:

"Nähdään huomenna!"

Einari ei kääntänyt päätään, eikä vastannut vaan huitaisi kädellään vastaukseksi. Ovi sulkeutui hänen jälkeensä ja Janne alkoi laittaa itselleen jättikokoisia voileipiä.

Kaikuja menneisyydestä

Mielen mustan aukon takaa,
lapsuusmaisema aukeaa.
Tutut tuoksut mielen valtaa,
aikain alkuun palaa,
mies harmaa,
vaivoissaan.

On harmaa maisema takana ja
rotkon takaa lapsuus kimmeltää.
Yhä kirkkaammat värit edessä,
ennen kuin ympyrä sulkeutuu,
ja mielen sulkee ajattomuuden kohtuun.